異端な
独裁帝王学
～再転生したらヴァンパイアハンターの嫁ができました～

「どうして……私を助けてくれたの？
吸血鬼なのに……」
「……助けたかったから。
そんなことよりも、お前は……」
リーナ・シリングス
ヴァンパイアハンターを自称する謎の少女。

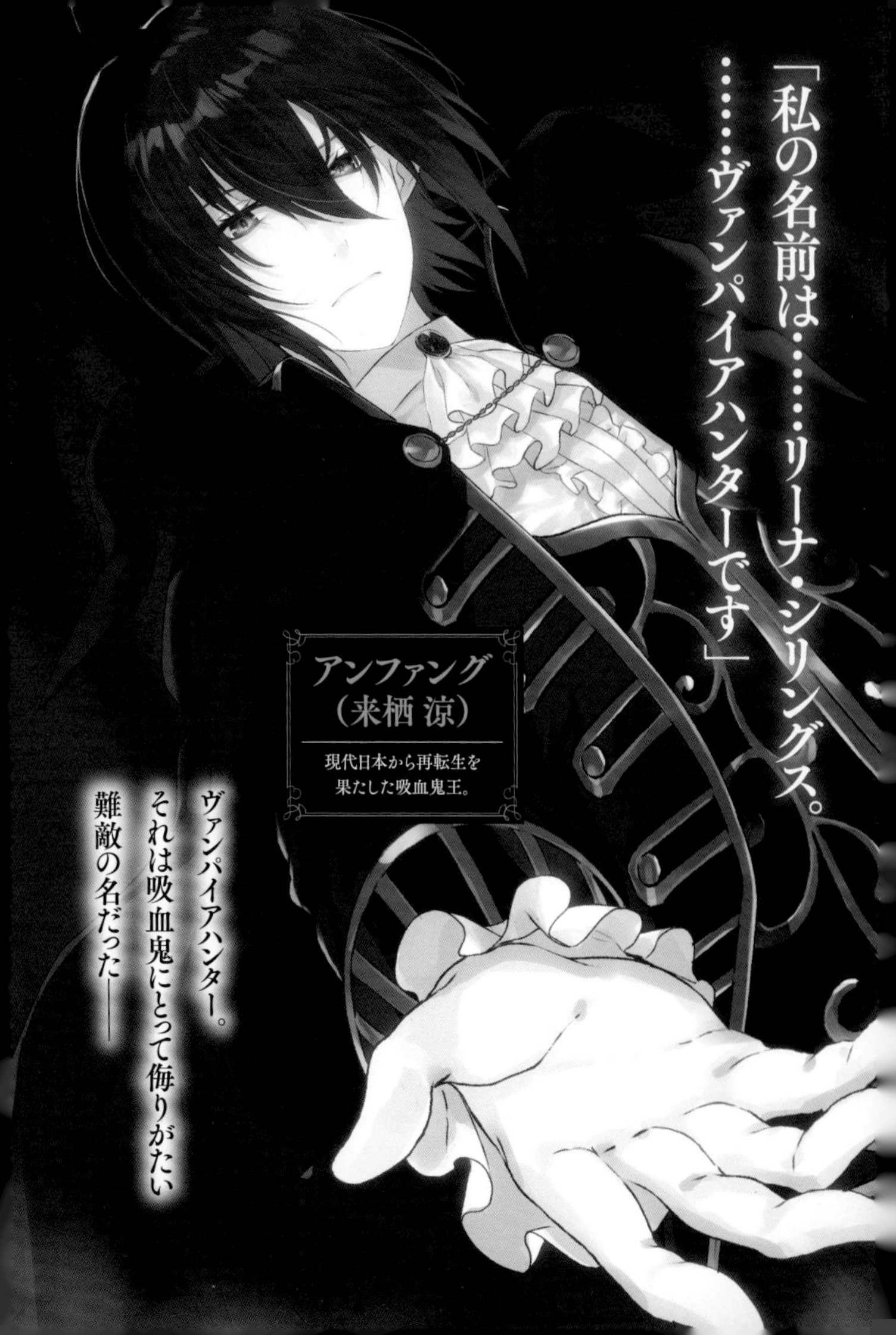
「私の名前は……リーナ・シリングス。
……ヴァンパイアハンターです」
アンファング
（来栖 涼）
現代日本から再転生を
果たした吸血鬼王。
ヴァンパイアハンター。
それは吸血鬼にとって侮りがたい
難敵の名だった——

体を預けるリーナの白い首筋は、僅かに上気していた。

「……いくぞ」

「……うん」

そしてアンファングはリーナの首筋に齧り付いた。

漲る力が、自ら課したリミッターを食い破る。

さらりとした黒髪が鮮やかな銀髪へと変化し、
翠だった瞳が血を流し込んだような紅い眼に変わっていた。

異端な吸血鬼王の独裁帝王学

～再転生したらヴァンパイアハンターの
嫁ができました～

藤谷ある

HJ文庫
993

口絵・本文イラスト　夕薙

目次

『人間は昼と同じく、夜を必要としないだろうか』

［ヨハン・ヴォルフガング・フォン・ゲーテ］

【序章】

「あとどれくらいあるのだろう？　この世界で俺《おれ》の知らないことは……」

一台のパソコンを前に、少年が独り言を呟《つぶや》いた。

そこは遮光《しゃこう》カーテンに閉ざされた薄暗《うすぐら》い六畳《じょう》間。

モニターの青白い光を浴びて浮《う》かび上がっているのは、目の下に蓄《たくわ》えた黒ずみ。

猫背《ねこぜ》で画面を覗《のぞ》くその顔は、だいぶ疲《つか》れ切った様子。

彼《かれ》の名は来栖《くるす》涼《りょう》。十七歳《さい》の平均である身長と体重を持ち合わせているが、生まれつき色素の薄《うす》い髪《かみ》や肌《はだ》のせいでやや脆弱《ぜいじゃく》に見える。しかも徹夜《てつや》続きでこしらえた酷《ひど》い隈《くま》のせいで尚更《なおさら》、顔色が悪い。

そんな彼は今、虚《うつ》ろな目をしながら医学書専門の通販《つうはん》サイトを物色していた。

「そろそろ追加注文しとくか……血液形態学推論……次はこれかな……」

その他にも数冊、めぼしいものをカートにぶち込《こ》んで注文ボタンを押《お》し、確定画面を確《かく》認《にん》すると、傍《かたわ》らにあった本を手に取って読み始める。黙々《もくもく》と読書に耽《ふけ》る彼の周りには、似たような分厚い本が山積みになっていた。それこそ部屋を埋《う》め尽《つ》くすぐらいに。

そのほとんどが医学書や医用工学、またはそれに通ずる系統のものだったが、中には栄養学や食品工学、機械工学や物理化学に至るまで広いジャンルにわたって多様な本が見受けられる。これらは全て彼が読破した本だった。

しかし、この部屋は読書をするのに適した場所とは言い難《がた》い。部屋に明かりは点《つ》いておらず、カーテンは閉めっきり。その中で唯一《ゆいいつ》の光源といえばモニターの光くらい。既《すで》に窓辺からは朝日が漏《も》れ始めていたが、カーテンを開けない限りその恩恵《おんけい》も受けられはしない。

それでも彼は薄闇《うすやみ》の中で、ただひたすらに読み続けていた。

だがここにきて、さすがに連続稼働《かどう》時間の限界にきたのか、うつらうつらと舟《ふね》を漕《こ》ぎ始めた。挙げ句の果てには机の上に積んであった本を何冊か払《はら》い落とし、電池が切れたようにそこへ突《つ》っ伏《ぷ》してしまった。

速攻で深い睡眠《すいみん》へ。しかしこの時、彼の手元で何かが燻《くすぶ》り始めていた。

本を持ったまま寝《ね》ているその手に、カーテンの裾《すそ》から一筋の陽光が差し込んでいる。

プスプスという音。

まるで枯《か》れ葉《は》でも燃やしたかのような薄い煙《けむり》と、焦《こ》げた臭《にお》いが鼻腔《びこう》をくすぐる。

「ん…………ん？」

寝惚《ねぼ》けながらも違和感《いわかん》を覚えた直後だった。

「……どぉぉぉぉあぁぁあっつぅぅぅぅぅうっ⁉」

突然《とつぜん》、絶叫《ぜっきょう》を上げたかと思うと、彼は机から飛び上がり、その場でのたうち回る。

周囲の本タワーを薙《な》ぎ倒《たお》し、悶《もだ》える。その姿は、まるで柔道《じゅうどう》の受け身を一人で何度も繰《く》り返しているよう。見れば右手の先が火傷《やけど》のように赤く腫《は》れ上がっていた。

陽光の一端《いったん》が、彼の皮膚《ひふ》を焦がしたのだ。

「いっ……つつつ……くっそ、いつの間にか寝ちまったのか……」

顔が苦痛に歪《ゆが》む。涼は自分の不注意を悔《く》やみながら、腫れ上がった箇所《かしょ》に気休め程度の息をフーフーと吹《ふ》きかけていた。

これが普通《ふつう》の人間の身に起きる出来事でないのは、見て明らかである。

なら彼はなぜ日を浴びただけで、このような傷を負ってしまったのか？

それは彼が日光アレルギーだからだ。

だがそれは、ただの日光アレルギーではない。少しでも日を浴びようものなら、たちまち皮膚が発火でもしたかのような痛みに襲《おそ》われてしまう重度の日光アレルギーだった。

そんな彼が普段《ふだん》、どのような暮らしを送っているのかというと、日の出ているうちは多くの行動が制約される為《ため》、昼夜逆転の生活が基本。だからといって夜どこかに出かけるのかといえばそうでもなく、家の中で何かに取り憑《つ》かれたように読書をする毎日。

外出はせいぜい近所のコンビニに食料を買い出しに行くくらいだが、それも食べなければ動けなくなるという理由なだけで、仕方なく足を運んでいるにすぎない。

涼は、ふと自分のことをこう思う時がある。

「日光が苦手なナイトウォーカーだなんて、まるで吸血鬼《きゅうけつき》じゃないか」と。

以前は、その吸血鬼みたいな体質をなんとかする為に、色々調べたりしたこともあったが、今の彼にとってその体質の改善は然程《さほど》、優先順位の高い項目《こうもく》ではなくなっていた。

「そんなことより、読み進めねば……」

吹き飛ばしてしまった本の山から読み途中《とちゅう》の一冊を取り上げ、ページを捲《めく》る。

──俺には寝ている暇《ひま》など無いのだ。

頭を振《ふ》り、朦朧《もうろう》とする意識を払い落とす。

──少しでも多くの情報を集め……そして……。

そこまで考えを進めたところで急に違和感を覚える。

「……そして……何だ？」

その先の言葉が、ぽっかりと抜《ぬ》けて落ちてしまっていて全く思い出せないのだ。

「……俺は……何の為に……こんなことを？」

あんなにも必死になって本を読んでいた行為《こうい》の意味。それが分からなくなり不安に陥《おちい》る。

それでも、そこに何らかの目的があったことは確かに感じる。

「俺は……」

意識の奥深《おくふか》くを探《さぐ》ろうとしたその時、王座に座《すわ》る紅《あか》い目をした青年の姿が脳裏《のうり》を過《よ》ぎる。

「これって……」

その刹那《せつな》、カーテンが霧《きり》のように消し飛んだ。

「くっ⁉」

有り得ない現象に戸惑《とまど》う暇も無く、一気に部屋の中へと目映《まばゆ》い光が差し込む。

涼は慌《あわ》てて両手をかざすが、不思議と眩《まぶ》しさを感じない。

恐《おそ》る恐る手を下ろし、そのまま窓辺から天を仰《あお》ぐや否《いな》や……体が硬直《こうちょく》する。

「な、なんだあれは……」

久《ひさ》し振《ぶ》りに直視した太陽は、どういう訳か〝黒〟かったのだ。

「でも……あの黒い太陽を見るのは初めてではない気がする……」

そんな郷愁《きょうしゅう》にも似た感覚を覚えた矢先だった。

『元の器に戻《もど》る時が来た』

頭の中に誰《だれ》とも知らない声が響《ひび》く。強《し》いて言えば自分の声に似ていた。

その声を耳にした途端《とたん》、服の下で体がジリジリと音を立て始める。
それは彼の肉が焦げる音だった。
「っ⁉　うっ、うわあぁぁっ‼」
全身が発火し、瞬《またた》く間《ま》に黒い炎《ほのお》に包まれる。
急激に襲ってきた猛烈《もうれつ》な熱さと痛みで視界が歪み始め、体がよろめく。
自分がどうしてこうなったのか、もう思考する余裕《よゆう》はない。
骨まで溶《と》けてゆくような感覚を覚えた直後、眼前が闇《やみ》に包まれる。
それで涼の意識は完全に途絶《とだ》えた。

【第一章】吸血鬼の嫁《よめ》

背中に感じた冷たさで、涼《りょう》は気が付いた。

——ん？　どこだここは……？　確か……突然、体が燃え始めて……。

周囲は闇で何も見えなかったが、僅《わず》かに手足を伸《の》ばすと、すぐ壁《かべ》に当たる。状況《じょうきょう》から察するに、どうやら箱のような物の中に寝かされているらしいことがなんとなく分かる。

上に向かって腕《うで》を伸ばすと、蓋《ふた》が浮く感覚があった。

そこから外へ出られそうだと感じた彼は、隙間《すきま》に指先を差し込む。

それは案外、簡単に開いた。少し力を入れただけで蓋はドスンと真横に落ち、重たそうな音を立てる。開いた場所から半身を起こすと、見慣れぬ風景が視界に入ってきた。

そこはどこかの古城の内部だった。

教会を思わせるような天井《てんじょう》の高いホール。その室内には数個の壁燭台《かべしょくだい》があるのみで薄暗い。辺りを囲う黒ずんだ石壁《いしかべ》からは、数多《あまた》の年月を感じる。床《ゆか》には使《つか》い込まれてはいるが質の高そうな赤い絨毯《じゅうたん》が敷《し》かれており、その中央に大きな黒塗《くろぬ》りの棺《ひつぎ》が一基だけ、まるでモニュメントのように物々しく置かれていた。そんな棺の中で、涼は目覚めたのだ。

――なんだこれは……棺桶《かんおけ》か？　まさか、あの日の光を浴びて……死んだのか？

だがすぐに、そうではないことに気が付く。

棺の縁《ふち》に手を掛《か》けた時の感触《かんしょく》。久しく流動していなかったと思われる、冷たく沈《しず》んだ空気の匂《にお》い。そういった感覚が、現実に肉体が存在していることを伝えてくる。

そして何よりも彼に語りかけてくる人物がいた。

「お目覚めですか、吸血鬼王アンファング様」

棺の真横に一人の少女が跪《ひざまず》いていた。

見た感じ十六、七歳だろうか、精巧《せいこう》な人形のように整った顔立ちをしている。肌理《きめ》の細かい白い肌からは、触《ふ》れてもいないのに金属のような冷たさも感じる。

彼女《かのじょ》は待ち焦がれていたと言わんばかりの表情をそっと伏《ふ》せ、青い髪をしっとりと頬《ほお》に垂らし、今一度、深く頭を下げた。

涼はぼんやりとしていた記憶《きおく》をリピートさせる。

――今、俺のことを吸血鬼王と呼んだのか？

言われてみれば、自分という意識を収めている器に違和感を覚える。

自身の体に目を向けると、大昔の西欧人《せいおうじん》が着ていた貴族服のようなものを身に着けていた。その衣服の下に存在する肉体や骨格は、到底《とうてい》自分のものとは思えないほどの体格で、手指にはアイスピックのように鋭《するど》い爪《つめ》まで生えている。

――これが……俺？

だがそう思うと同時に懐《なつ》かしいという気持ちと、その体が自分のものであるという確かな記憶が存在する。

――そういえば、あの時……。

彼は少し前の出来事を思い返す。

黒い太陽の光を浴びたあの時、どこからか声が聞こえてきた。

『元の器に戻る時が来た』と。

――元の器……。その言葉を真に受け止めるなら、この体が俺の元の体だということだろうか？　ということは、俺はやはり……吸血鬼だったのか⁇

そう考えると重度の日光アレルギーだったことにも納得《なっとく》がゆく。

では吸血鬼だった頃《ころ》の記憶は？　というと、薄い意識の水面下に確かに存在している。

自身がアンファングだという自己認識《にんしき》はあるものの、意識の優位性は若干《じゃっかん》、来栖《くるす》涼の方が上にあるといった感じだ。

「アンファング様？」

青髪《あおかみ》の少女は、先ほどから一言も発しない彼のことを不安げに見つめていた。

「あ……ああ」

普段よりも幾分《いくぶん》トーンの低い声が体から出る。

──この場合……どう答えたらいいだろうか？

自分に対する彼女の接し方、様付けでの呼び方、順当に考えて王であるアンファングの配下である可能性が一番高い。それに彼女はメイド服に似た服装をしているので、その服の示す意味が自分の知っている世界のものと同じならば、それは確実だろう。そもそも王よりも格上の存在はそうそういない。ならば主である自分が多少おかしな質問をしても然程問題にはならないはず。だがしかし、まだ状況が分からないうちは出来るだけ慎重《しんちょう》に受け答えしておいた方が無難だろう。その上で、思い切って聞いてみる。

「君は？」

「……!!」

彼女はショックを受けたのか、瞠目《どうもく》した後、体をよろめかせた。

「アンファング様が……わたくしのことを……覚えていて下さらない……」

初見からクールな印象だった彼女が、あからさまに動揺《どうよう》を見せる。

それだけでなく、涙目《なみだめ》にすらなっているようにも窺《うかが》えた。

「えっ……す、すまん……」

「い、いえ！　アンファング様は何も悪くありません」

「そうか……」

「わたくしの名はティルヴィングと申します。アンファング様はティルと呼んで下さっておりました」

「ティル……」

それは確かに記憶の中に刻まれている名だ。

「全ては、わたくしの心構えができていなかっただけですから。〝休眠期《きゅうみんき》〟を終えた直後はしばらくの間、記憶の混乱が生じることは承知しておりましたので」

「休眠期……」

その言葉を復唱したところで得心した。

「なるほど」

「え？」

「吸血鬼というものはある一定の期間ごとに長い睡眠に入らなくてはならない。その理由は、日光の浴びすぎにより劣化《れっか》した体を元の状態に回復させることや、一度に多量の魔力《まりょく》を消費した際の回復が主たる目的だ。休眠期間の平均が五年という長期にわたる為、覚醒《かくせい》直後は記憶の混乱が生じることが多々ある。そうだったな？」

「ええ、仰《おつしや》るとおりです」

アンファングは自分の中の記憶を確かめるようになぞった。

それと同時に遙《はる》か昔に焼き付けられた情景が脳裏をかすめる。

長い黒髪《くろかみ》の女を強く引き寄せ、その首筋に牙《きば》を突き立てる。

純白の衣服は流れ出た血で赤く染まり、力無く垂れたその左腕《ひだりうで》で十字架《じゆうじか》と銀の杭《くい》が描《えが》かれた紋章《エンブレム》が輝《かがや》きを失った。

——あいつを、あんな目に遭《あ》わせてしまったのも、俺がいつまでも生温《なまぬる》いことをやっていたからだ。

彼が休眠《きゆうみん》を利用して別の世界へと転生し、またこの世界へ舞《ま》い戻ってきた理由。それを思い出したのだ。

——そうだ、俺は吸血鬼の王だった。前の俺は吸血鬼達《たち》を纏《まと》め上げ、統制を取ってきた。それは王としての当然の行いであり、そこに疑念は無かった。だが……実際には様々な感情が複雑に絡《から》み合う人間との争いの中で、彼女という犠牲《ぎせい》を生んでしまった。

それは俺が吸血鬼だけの王だったからだ。

同じ過《あやま》ちを犯《おか》さない為にも俺は転生で人間そのものになり、人間のことを良く知り、そして人間の王に匹敵《ひってき》する知識を手に入れた。それらを以《もっ》て両者の王――いや、この世界そのものの王――真王になるのだ。それが最終的に吸血鬼と人間の共存を達成した理想の世界となるはずだから――っと、そんな感じだったかな。

全てを思い出し、目的を再認識《さいにんしき》したアンファングは微《かす》かに笑う。

ティルは、そんな彼を不思議そうに見つめていた。

「あの……アンファング様」

「ん？」

「大変、差し出がましいことなのですが……」

「なんだ？　気にせず言ってくれ」

「はい、では……。お目覚めの直後で記憶の混乱が生じていることは承知しておりますが……なんというか、その……雰囲気《ふんいき》が変わられたというか……口調が以前と違《ちが》うように思われるのですが……」

「え、そう？　……むっ⁉」

アンファングは思わず口元を手で押さえた。

──己《おのれ》が何者であるかは思い出したが、どうやら転生した時の癖《くせ》が抜けないみたいだな……。


この世界には無い知識を得る為に転生した彼。

そこは文化、文明の形態がこの《ネーヴェルガルト》とは全く違う。その新しい知識を本質的に理解するには、こちらの世界の常識や情報が障害になる可能性があった。加えて人間を理解する為には自分が人間であることが重要であると考え、彼は己の人格と記憶を一旦凍結《いったんとうけつ》し、転生先の世界で一から知識を蓄積《ちくせき》していった。

しかし日本という場所で十七年間過ごしてきたことによって形成された人格は、こうして今、吸血鬼王としての人格を解凍《かいとう》しても尚《なお》、そうそう抜けるものでもなかった。それに、その人格は知識とワンセット。無闇《むやみ》に封《ふう》じれば得た物共々、失い兼《か》ねない。

──ティルには普通に休眠するとしか伝えてなかったしな……。

「まあ、それも恐らく……ティルの言う通り、休眠の影響《えいきょう》だろう」

実際、まだ少し混乱はあるので嘘《うそ》ではない。

「はあ……左様でございますか」

彼女は完全には納得していない様子だったが、それはアンファングのことを心配しているが故《ゆえ》のこと。

「それにしても、この度は随分《ずいぶん》と長いお休みでございましたね」

「長いとは、どれくらい？」

「丁度、五千年ほどになります」

「ご、ごせん⁉」

アンファングが急に大きな声を出したので、ティルは目を白黒させる。彼女はさらりと言ってのけたが、それは彼が予期していた年月より遙か上を行くものだった。

――なぜ五千年も経《た》ってるんだ……？　確かに今回は普通の休眠と違って転生を行っていたし、大規模な魔力回復も兼ねていた。それに、あちらの世界とこちらの世界では時間の流れが全く違うのは分かっていたので通常と異なる結果が現れるのは、ある程度は予測していた。それにしたって……五千年は長すぎだろ！

「わたくしも……お休みになる前に伺《うかが》っておりました予定と大分違いましたので、心配していました」

「心配って……まさか、それだけ長い間、傍《そば》に？」

「もちろんでございます。アンファング様の身の回りのお世話をする。それがわたくしの役目でありますから」

「それは……大変だったな……」

ふと口を突いて出た労《ねぎら》いの言葉が相当嬉《うれ》しかったのか、ティルはまるで母親に褒《ほ》めてもらった幼子のように破顔する。

「大変だなんて滅相《めっそう》もありません。わたくしとしては非常に有意義な一時でした。なにしろアンファング様のお傍で御身《おんみ》をずっと眺《なが》めていられるのですから、これほど幸せなことはありません」

「なら、よかった」

同意しつつも内心で思う。五千年もの間、人の顔を眺めているだけなんて普通なら飽《あ》きるどころか、頭が変になりそうだ。

「ティル」

「はい、なんでしょう」

彼女はアンファングの求めるものに応《こた》えようと瞳《ひとみ》をキラキラと輝かせる。

「少しウォーミングアップをしたいのだが」

「ウォ……ウォーミん……プアあぷあ……でございますか？」

慌てたように言って、言葉を噛《か》む。

「も、申し訳ございません。不勉強が故、そのウォー……なんとかの意味が分からないのですが……。よろしければ、御教授《ごきょうじゅ》願えませんでしょうか……」

――っと、つい涼の感覚で物を言ってしまうな……。

「そうだな……分かり易《やす》く言うと、いくつか力を試《ため》したいということだ。長い眠《ねむ》りで鈍《にぶ》ってしまっているかもしれないからな」

「な、なるほど……承知いたしました」

アンファングはここにきてようやく立ち上がると、棺の外に足を降ろす。

石の床に立つ確かな重みと、骨格を支える筋肉の感覚。

そして、体の隅々《すみずみ》にまで魔力が行き届いているのが分かる。

――まずは簡単なものから。そうだな……アレからやってみるか。対象を見つめただけで服従させる力……魅了《みりよう》の魔眼《まがん》。

彼は早速《さっそく》、ティルの瞳を見詰《みつ》めると眉間《みけん》の辺りに意識を集中する。

すると右眼《みぎめ》の奥《おく》に熱いものを感じ――直後、目に見えない熱線のようなものが放たれ、彼女の瞳孔《どうこう》に入り込み、相手の意識を掌握《しょうあく》する。

――取った。

そう確信した直後だった。

「アンファング様？　何をなさっているんですか？」

「え……」

彼女はきょとんとした顔でアンファングを見ていた。

「もしや今、わたくしに魅了の魔眼をお使いになりましたか？」

「っ⁉　いや……まあ………ハイ」

やろうとしてたことがバレていたことに戸惑い、思わず敬語になる。

「……どうして分かったんだ？」

「長い間、お傍でお仕えしていれば、なんとなく分かります。それと……申し訳ありませんが、わたくしにはその力は効きません」

「何故《なにゆえ》に？」

「それは……以前にも申し上げたことがあるのですが……」

そこで彼女は急に赤くなり、言い難いのかモジモジと体をくねらせ始める。

「あの……わたくしが……アンファング様に……その……既に魅了されてしまっているからです……」

「……」

何か、いたたまれないような空気が流れる。

「………すまなかった」

「とっ、とんでもありません。いくらでも使って頂いて構わないのですが、どうしても申し訳無い気持ちが先に出てきてしまったものですから」

ティルは恐縮《きょうしゅく》するように身を小さくする。

今こうして改めて事情を言われると気恥《きは》ずかしく感じるのは、涼として転生した影響だろうか？　彼がそんなことを考えている間、目の前の彼女は、やけに嬉しそうな表情を浮かべていた。

「ん？」

「ですが、わたくしは今、喜びと温《ぬく》もりを噛み締《し》めております」

「御身から溢《あふ》れ出るその優《やさ》しさ。それをわたくしのような者にも分け与《あた》えて下さる。心から感謝しているのです」

「そ、そうか……」

そこまで褒められると、くすぐったい気持ちになる。

「それはさておき……他の力も試してみたいのだが」

「はい、いかがいたしましょう」

「とりあえず魔力はこれくらいにしておいて、次は体を動かしたい」

「では、すぐに準備いたします」

言うと彼女は、その場で目を閉じた。そのまま軽く息を吸《す》い込むと、華奢《きゃしゃ》な身体《からだ》が蒼《あお》い光に包まれる。途端、彼女の肢体《したい》が一点の光に集約され、細長い物へと形を変える。

それは……一振《ひとふ》りの剣《けん》だった。

光を失うと同時に落下した剣は、そのまま傍にいたアンファングの手の中へと収まる。

やや細身で、重さを感じないほどに軽い。

刀身から柄《つか》まで青みを帯びた銀色。そこに何か特別な細工がある訳でもないシンプルな形状だが、その霊気《れいき》を纏ったような刃《やいば》や禍々《まがまが》しい感じは、素人《しろうと》が見ても只物《ただもの》ではない代物《しろもの》だと分かるだろう。

柄を握《にぎ》った手に馴染《なじ》んだ感覚がある。

「魔剣《まけん》ティルヴィング……か」

呟くと剣を通して念波のようなものが脳内に伝わってくる。

『はい、アンファング様の忠実なる配下であると共に、御身をお守りする為の右腕《みぎうで》。ここより遙か北の大地で、囚《とら》われの身になっていたわたくしを救って下さった時から、我《わ》が身《み》はアンファング様のものです』

アンファングは剣を縦に持つと、ふと自身の顔の前へと持ってくる。

その細い刀身では全身を映すことは敵《かな》わないが、表情ははっきりと窺うことができた。

髪は全て金属を流し入れたような銀色で、肌は青白く、瞳は紅い。口元には鋭い牙が窺え、いかにも吸血鬼らしい風貌《ふうぼう》。吸血鬼王としての風格も兼ね備《そな》えていたが、人間で言うと二十代半ばくらいの見た目だ。だが吸血鬼は不老不死。外見など当てにはならない。

久し振りに自分の顔を拝んだところで急に、あることが気になり始める。

「そういえば俺は今、何歳《なんさい》だっただろうか？」

『アンファング様で御座《ござ》いますか？　御身は本日で丁度、御年《おんとし》二万一歳を迎《むか》えられました。おめでとうございます』

「二万……一……だと⁉」

——いや確かに……あれから五千年も経った訳だから、そういう数字になるのも当然といえば当然なのだが……それにしても腑《ふ》に落ちない。実感が湧《わ》かないというか……。それに気分は十七歳の感覚でいるので尚更、違和感があるな。しかもこれ……良く考えたら人生の四分の一を寝てたってことになるぞ……。

『早速、お祝いの御食事《おしょくじ》を御用意致《ごよういいた》しますね。ですが……』

急に彼女の声のトーンが落ちる。

「どうした？」

『いえ……何分急なことでしたので、何も準備ができておらず……申し訳無いのですが、少々お時間を頂ければと……』

「なんだそんなことか、一向に構わないが」

『ありがとうございます。では早急に町へ向かい、人間の女をさらって参ります』

「ちょっ!? ちょっと待った！」

『はい？』

「今、さらって来ると聞こえた気がするが？」

『ええ、そのように言いましたが？』

不穏《ふおん》な言葉を聞いたアンファングは、慌てて剣を持つ手を握り締める。

そうしなければ、今にも彼女が飛んで行ってしまいそうだったからだ。

「いい！　いい！　お祝いとかいらないから！」

『はあ……アンファング様がそう仰るのなら』

彼女は怪訝《けげん》そうにしながらも、それ以上は何も言わなかった。

――すっかり人間の生活に馴染んでしまっていたから思い切り失念していた……。

吸血鬼の食事といえば当然、人間の血である。

――だからといって、いきなりさらって来られても困る。

内心で焦《あせ》っていた矢先だった。

ぐううう……。

萎《しぼ》んだ風船を握り潰《つぶ》したような音が周囲に鳴り響いたのだ。

「む……」

アンファングは思わず腹を手で押さえる。

何の前触《まえぶ》れもなく、崖《がけ》から突き落とされたようにやってくる急激な飢餓《きが》感。

そういえば、この体は少なくとも五千年は何も口にしていない。普通に考えて腹が空《す》いて当然のような年月が過ぎていることは確かだ。

「やはり御食事を御用意《ごようい》いたしますね」

言わずとも推《お》し測《はか》ってくれたティルは人の姿に戻り、すぐにでも行動を起こそうとしていた。

「い、いや！　大丈夫《だいじょうぶ》だ！」

すかさず制止し、それでなんとか彼女は行きかけた足を止めてくれた。

アンファングは以前から人語を解する者同士が捕食《ほしょく》の関係にあることに疑問を持っていた。両者の共存を進めようという今、その思いは尚一層強くなっている。

それにたとえこの飢餓感を満足させるものが血しかないのだとしても今の彼にとっては、相手に身体的にも精神的にもダメージを与える吸血という行為自体に抵抗《ていこう》がある。

「それより何か血以外に食べられるものはないだろうか」

「血以外ですか？　申し訳ありませんが、この城には……。ですが何故《なぜ》そのようなものをお探しで？　空腹を満たすのであれば人間の血が最良でございますのに」

「これからは、そういったものも試して行きたいと思ってな」

「でしたら人間の町に行けば何かあるやもしれませんが……あまりお勧《すす》めはいたしません」

「それはどういう理由で？」

「アンファング様のお口には合わないかと……」

「ふむ……」

　確かに血液以外の食物が摂取《せっしゅ》可能であるならば、端《はな》から吸血鬼が吸血鬼である必要がない。当然といえば当然である。だが吸血鬼にとっての食事が、人間と同じように栄養摂取を目的としているならば、解決できる可能性がある。

　涼がいた世界の知識を持ち合わせている今のアンファングならば、人間の血液と同等の成分を持った食物を見つけたり、作り出したりすることができるやもしれないからだ。

　血液の栄養成分は糖質、脂質《ししつ》、タンパク質を主にビタミンやミネラルまで含《ふく》まれており、それだけで高栄養の液体だ。野生動物が獲物《えもの》を捕《と》らえ食する場合、肉だけでなく血液まで余すこと無く食《く》らうのはその栄養価の高さを知ってのこと。

　人間に於《お》いてもスッポンの生き血や、豚《ぶた》の血のソーセージなど血液を主体とした料理を食する文化がある。それはかつて血液が貴重な栄養源であったからだ。

しかしそれは、高栄養な食事が手に入らなかった時代だからこそ生まれた食文化なのであって、代替品《だいたいひん》が存在すれば必要なくなる。

ならば吸血鬼も人間の血液と同じ栄養素が得られる代替品を作り出すことができれば、人の血に頼《たよ》らずともやってゆけるのではないだろうか。単に栄養素だけの問題ではない可能性も高いが、調べてみる価値はあるだろう。

アンファングが思考を巡《めぐ》らせている間、ティルはなぜだか落ち込んだ様子だった。

「この体でアンファング様を満足させることができれば良いのですが……。わたくしは魔剣……。何故に紅い血が流れていないのでしょうか……。こんなにもアンファング様のお力になりたいと考えていますのに、残念で仕方がありません……」

「気持ちだけでもありがたく受け取っておくよ」

「アンファング様……」

彼女はうっとりとした顔付きで彼を見上げていた。

「まあ、食べ物が口に合うかどうかはともかく、今から人間の町に行ってみようと思うのだが」

「えっ……アンファング様、自らで御座いますか？」

「何か問題でも？」

「いえ、そんなことは。ただ、主様の手を煩《わずら》わせるわけにはいかないと思いまして。人間の食べ物に興味がおありでしたら、わたくしが行って調達して参りますが」

「いや、ついでに人間の様子も少し見ておきたいと思ってな」

それは素直《すなお》に今の人間の様子が気になるからというのもあったが、涼として得た知識を活《い》かすならば、違う世界とはいえ同じ人間の文化の中で活用した方が融和《ゆうわ》性が高いと考えたからだ。

「それとも町に向かうと何か危険でも？」

「そんな、危険など何も。人間にアンファング様を傷付けられるような力などありはしません。それどころか目を合わせただけで皆《みな》、失神してしまうことでしょう」

「そ、そうか……？」

彼《かれ》がわざわざそんなことを聞くのにも理由があった。

五千年も経てば人間の文化もそれなりに発展を遂《と》げているはず。となれば吸血鬼の敵となる存在も大きく力を付けている可能性が高いからだ。特にヴァンパイアハンターの総本山である教会の力は絶大であり、注意が必要だ。

「ちなみに、今の人間の勢力図はどんな具合になってる？」

「どんな国があって、どれぐらい幅《はば》を利《き》かせているのかとか、そういうやつだ」

「勢力図……ですか？」

「はあ……」

ティルは首を傾《かし》げるばかりで一向に要領を得ない様子。

「うーん……スマホがあればグーグルマップで一発なんだが。あ、でもGPSが使えないか……」

「ス、スマホ……？　グルグル……マップ？　じぃぴーえす？　それはどういったものでしょう……⁇」

「えっ、あ、いや……とにかく、各国の領地が一目で分かる地図みたいなものがあったら見せて欲《ほ》しいんだ」

「領地……ですか？　そのようなものは有って無いようなものですが……」

「は？　それはどういう意味だ⁇」

「はい、なぜなら人間は滅亡の危機に瀕《ひん》している種族でありますから」

「……⁉」

鼓動《こどう》が高鳴る。

「め……滅亡⁉　今、滅亡と言ったのか⁉」

思わず驚《おどろ》きの声を上げてしまっていた。

ティルは、その反応を予測していなかったようで、目を丸くする。

「お……驚かせてしまいましたか？」

「いや……」

──まさか、俺《おれ》が寝《ね》ている間に人類がそんなことになってるなんて……。共存とか言ってるレベルじゃないじゃないか！

ティルは絶句しているアンファングを気遣《きづか》うように話を続ける。

「申し訳ありません。わたくしの配慮《はいりょ》が欠けておりました。ここ千年ほどでしょうか。人間は急激に数を減らしました。それは貴族や、その眷属《けんぞく》である吸血鬼達がアンファング様がお休みになっているのをいいことに、欲望のままに乱獲《らんかく》を繰《く》り返した結果でございます」

この世界には真祖から血を分けた十七人の吸血鬼が存在する。そうした真祖直系の吸血鬼は《貴族》と呼ばれ、直系序列一位のアンファングは、その貴族達を束ねる王である。

貴族の中には吸血した人間を眷属の吸血鬼として傍に置いている者もいる。

そんな吸血鬼と人間は、当然の如く捕食の関係である。

それでもかつての吸血鬼は人間にとって畏怖《いふ》される存在でありながらも互《たが》いに程良《ほどよ》いバランスを保っていた。吸血鬼王の統制下、必要以上に人間が狩《か》られることはなかったのだ。

しかし今回、アンファングの休眠期間に不測の事態が発生したせいで統制を取る者が不在となり、吸血鬼達は今まで抑《おさ》えていたものを解き放つように思い思いの行動に出たのだ。

「吸血鬼達ならまだしも、直系十七鬼《き》がそんな暴走をするだろうか？」

「全てを把握《はあく》しているわけではありませんが……恐らく、序列二位であるヴィルフリート卿《きょう》が……」

ティルはそこまで言ったところで、顔に口惜《くちお》しさを滲《にじ》ませ唇《くちびる》を噛む。

「やつか……」

それはアンファングにとっても決して相容《あいい》れない存在。

すかした顔でほくそ笑《え》む姿が瞼《まぶた》に浮《う》かぶ。

「しかし、そんなことをしていては自分達の首を絞《し》めることにもなるぞ」

「はい、ですから実際に数少ない人間を巡って吸血鬼同士の諍《いさか》いも起きているようです」

「……」

アンファングは眉根《まゆね》を寄せた。

自然界の食物連鎖《れんさ》に於いて上位者が下位者を捕食しても尚、バランスが取れているのは、下位者の繁殖力《はんしょくりょく》が高かったり、捕食し過ぎたことにより餌《えさ》が減り、上位者も数を減らしたりすることで保たれている。だが不死であり、捕食することが種の継続《けいぞく》に繋《つな》がらない吸血鬼と人間との間には、この関係は当てはまらない。

吸血鬼はその理性によって、人間はその知性によって、互いのバランスを取り続けてきたのだ。それが取り払《はら》われれば、たちまち均衡《きんこう》は崩《くず》れる。

ティルの話によれば、現在の人類は大陸の東西南北に存在している四つの王都に大半の人口が集約されていて、その他は小規模の村や町が各地に点在するのみだという。

五千年前までは領地の拡大を巡ってせめぎ合っていたかつての王国も、今では王都のみを残す形にまで衰《おとろ》えているらしく、どの都もおよそ四万人弱の人口にまで落ち込《こ》んでしまっていた。経済活動を行うことが出来るギリギリの人口である。

残りの小さな村や町はどれも数百人から千人規模のものばかり。もし仮にこのネーヴェルガルトに存在する人間を一カ所に集めた場合、その数は約二十万人ということになる。

二十万というと一見多そうに聞こえるが、涼のいた日本で言うところの中核市《ちゅうかくし》一つ分である。それが、この世界に残る最後の人類だと言うのなら決して多くはないはずだ。

「そのことも含めて様子を窺いに出掛《でか》けたい」

「承知いたしました」

「だが、その前に」

「？」

「このままでは目立つからな。姿を変えてゆこう」

さすがに突然《とつぜん》、吸血鬼が人間の町に現れたら混乱は必至である。

——ここは変化《フエンタグ》の魔力を使う。変身後の姿は、そうだな……人間の中に交じってもあまり目立たず、自然な感じのやつがいいな……。

「よし……」

何かを決めると、アンファングは額に意識を集中させる。それは一度全てを原子レベルまで分解した後、再構築するような感覚。

なりたいイメージを頭に浮かべる。

途端《とたん》、体が光の粒《つぶ》になって霧散《むさん》し、形を変え、再び結合する。

「これで良しと………ん？」

即《そく》、体に違和感《いわかん》を覚えた。人間の町に行くということで、変化後の姿は当然人間をイメージしていた。しかも一番イメージし易い人間といったら転生時の姿である来栖 涼の体。彼を基本にイメージしたのだが……どうにも感覚が違う。平均的な身長の高校生だったはずなのに、今は目線が目の前にいるティルとあまり変わらないのだ。しかも彼女は、愛《いと》おしいものに接するような表情でアンファングを見つめている。そして思わず、ある言葉を漏《も》らした。

「か、かわいい……」

「!?」

ティルの意外な反応に、アンファングは棺《ひつぎ》の蓋《ふた》を慌《あわ》てて覗《のぞ》き込む。

鏡のように艶《つや》のあるそこには見た目、十五、六歳《さい》くらいの美少年が映っていた。

その姿はまるで、先ほどまでの吸血鬼王アンファングをそのまま若返らせたような容貌《ようぼう》。

ただ、鮮《あざ》やかな銀髪《ぎんぱつ》は黒髪に、青白い肌《はだ》は色白の肌に、紅《あか》い瞳は翠玉《すいぎょく》色の瞳に変わっていた。尖《とが》った牙や爪は残っているものの控《ひか》えめになっているので、八重歯や伸《の》びすぎた爪と言えなくもない。これぐらいであれば吸血鬼としてバレないレベルではあるが、想定していた姿と少し違う。

――起《お》き抜《ぬ》けだからか？　まだ少し魔力調節が上手《うま》くいっていないようだな……。

手指を動かし感覚を確かめるアンファングに対し、ティルは仄《ほの》かに頬を染め、ほくほくの表情で彼のことを見つめていた。

「はあ……以前のお姿も凛々《りり》しく魅力的《みりょくてき》で御座いましたが、このお姿もまた格別でございますね……若々しさの中に気品も漂《ただよ》っております」

それはまるで恋《こ》い焦《こ》がれたような顔付き。

「そ、そうか……？　やや子供すぎる気もするが……」

「いえ、決してそんなことは。とても似合っておられます」

――それは褒められていると捉《とら》えていいのか？　でもまあ、やり直すのも面倒《めんどう》だし、彼《かの》女《じょ》も気に入ってくれているようだから……このままでもいいか……。

「では見た目はこれでいいとして……あとは城の外に出てからの振《ふ》る舞《ま》いだな」

「振る舞い……でございますか？　それはどういった……？」

「今の俺達《おれたち》は、見た目同年代の男女に見えるのに、会話が王と配下のままでは不審《ふしん》に思われるだろ。だから、ここからは互いの立場はあまり気にせず、もう少し砕《くだ》けた感じで会話できたらなあと思ってる。俺もその方が気が楽だし」

「なるほど、承知いたしました」

アンファングは涼としての口調をそのまま流用すれば問題無いが、長きにわたり仕えてきたティルのしゃべり方は今日明日では、そうそう変わらなそうだった。

「それから、俺のことはアンファングと呼ばないでくれ。正体がバレてしまうかもしれないからな」

「では、なんとお呼びすれば？」

「うーんと……そうだな……」

考えあぐねていると、ティルが自ら進言してくる。

「〝ご主人様〟は、いかがでしょう？」

「ご主人様……」

その呼び方だと、主人と家人という感じだろうか。ティル的には、それでもかなり善処したのだろうが……砕けた関係というには程遠《ほどとお》い気もする。それでも王と配下よりは幾分ましだが。

――それに何となく照れ臭《くさ》い…………。だが、悪くないのも事実。

「じゃ……じゃあそれで」

「はい、確かに承《うけたまわ》りました。ご主人様」

「……」

勢いで思わず承諾《しょうだく》してしまったが、やはり少し恥《は》ずかしかった。

「さて、これで出掛けられるだろうか」

アンファングは、ここから一番近い町はどこだっただろうか？　と考える。

五千年も経っていれば人の町も移り変わる。とはいえ、生活領域自体がそんなに大きく変わることもないだろう。

――記憶《きおく》の中にある昔の地図をベースに、現在のものへと塗《ぬ》り替《か》えてゆく必要があるな。

彼は襟元《えりもと》を正すと、ティルの方へと向き直る。

「では、向かおうか」

「あっ、はい！」

彼女は背筋をピンと伸ばすと、間近に控える。

少年の姿のアンファングは黒いマントを翻《ひるがえ》し、颯爽《さっそう》と歩き出した。

† † †

空には黒い太陽が浮かんでいた。それを創造したのは吸血鬼の始まり――真祖である。

かつての吸血鬼にとって、昼日中に表に出るという行為《こうい》は敵わなかった。しかし、真祖が天に《黒陽》を浮かべてから、肉体への損傷が大幅《おおはば》に軽減され、吸血鬼はその活動範囲《はんい》を大きく広げたのだ。

そんな黒陽の下、広大な森が城を取り囲むように広がっている。その光景はまるで吸血鬼王の城を外界から秘匿《ひとく》するかのよう。実際、城の周りにはアンファングの魔力による結界が張られていて、他者からは容易に発見することはできない。加えて、この森には瘴気《しょうき》が立ち籠《こ》め、魔獣《まじゅう》の類《たぐ》いが闊歩《かっぽ》し、近づく者を拒《こば》んでいる。なので敢《あ》えてそこへ足を踏み入れようとする者はそうそういない。

彼らが、そんな不倒《ふとう》の結界の外へ出て、瘴気の森の中を歩いていた時だった。

「？」

魔獣とは違う気配を間近で感じる。

様子を窺《うかが》うと、重なり合う枝葉の合間に気配の正体が見えてくる。

樹木の袂《たもと》。そこに一人の少女がへたり込み、声も出せず怯《おび》えていた。

少女の前には奇妙《きみょう》な生物が立っていて、今にも彼女に襲《おそ》い掛《か》かろうとしていたのだ。

奇妙な生物は大人の男と同じぐらいの身長で二足歩行であったが、その体皮は皮ばかりで骨張っており、大きく裂《さ》けた口や牙などは人のそれとは違い、まるでコウモリのようだった。それだけでなく背中には体長と同じだけの大きな翼《つばさ》まで生えている。

「なんだ……あれは」

「吸血獣《じゅう》ですね」

木の陰《かげ》でティルが答える。

「吸血鬼が使役《しえき》している使い魔です。力は強いですが、本能的に人間を襲うだけで所詮《しょせん》はただの獣です」

「使い魔だって？　俺の記憶には、そんなものの存在は無いが。まさか休眠《きゅうみん》の影響で忘れてしまってる、なんてことはないよな？」

「ええ、それについてはご主人様の記憶が正しいです。アレはご主人様がお休みの間に、吸血鬼達《きゅうけつきたち》が生み出したものですから。欲深い者達が吸血獣を使って大量に人間を集めているのです」

「悪趣味《あくしゅみ》だな……」

鼻息も荒《あら》く、口元から粘液《ねんえき》を垂らす吸血獣にアンファングは冷ややかな視線を送る。

だが、そんな彼らの落ち着き払った様子とは裏腹に、目に前の事態は切迫《せっぱく》していた。

身を守る術《すべ》の無い少女は、ただ恐怖《きょうふ》に対して無抵抗《むていこう》に体を小さく丸めているだけ。

吸血獣は黒板を爪《つめ》で引っ掻《か》いたような不快な咆哮《ほうこう》を上げると、少女の怯える姿を楽しむようにジリジリと間を詰《つ》める。

「おっと、悠長《ゆうちょう》に話してる場合じゃなかったな」

ティルは彼と目が合うと、その意志を察して魔剣へと姿を変える。

それが手の中に収まると、意識はすぐに目の前の獣へと向けられた。

「ウォーミングアップも途中《とちゅう》だったし、試し切りには丁度いいか」

獲物認定《えものにんてい》した直後だった。ここで吸血獣が気になる行動を見せる。

少女の頭に齧《かじ》り付こうと大きな口を開け、顔を近付けたところで唐突《とうとつ》に沈黙《ちんもく》したのだ。

醜《みにく》い鼻をヒクヒクとさせるその姿は、まるで臭いでも嗅《か》いでいるかのよう。

「……何をしてるんだ？」

しかし、それもほんの僅《わず》かな間だった。吸血獣はその食事がお気《き》に召《め》さなかったのか、少女の体を払い捨てようと鋭《するど》い爪を振り上げる。

「っと、させるかよ」

アンファングは木陰《こかげ》から飛び出し、すかさず剣を構える。

が、相手が彼の存在に気付く間も無く――、

「グギャァァァァァァァァァァァァァァァァァッ」

断末魔《だんまつま》の叫《さけ》びと共に、吸血獣の巨体《きょたい》が縦に真っ二つになっていた。

「あ……」

すぐに自分がしでかした行為を後悔《こうかい》する。

彼が剣を構えるという何気ない動作をしただけで、刃先《はさき》から衝撃波《しょうげきは》が発せられ、吸血獣をいとも簡単に両断してしまったのだ。しかもその力は途轍《とてつ》も無《な》いもので、吸血獣が立っていた場所から一直線に森の木々が消滅《しょうめつ》していた。一キロメートル程《ほど》にわたり地面が捲《めく》れ上がり、岩肌《いわはだ》が露《あら》わになっている。その光景はまるでモーゼの海割りのようだった。

「加減を間違《まちが》えた……」

アンファングが内心焦っていると、手から剣が零《こぼ》れ落ち、ティルの姿へと戻《もど》る。

「いいえ、ご主人様は何も悪くありません。あまりに脆《もろ》すぎる、この世界が悪いのです」

「そ、そうか……？」

そのフォローには、どう反応していいのか分からなかった。

アンファングは苦笑《くしょう》しながらも、半身の姿で地面に転がっている吸血獣の骸《むくろ》に目が行く。

もう半分の体は衝撃《しょうげき》で完全に消し飛んでしまったのか周囲には見当たらなかった。

「ギギギギ……」

傍まで近付くと、吸血獣はそんな姿に成り果てながらも頻《しき》りに牙《きば》を鳴らしていた。生命力の強さはかなりのものだ。

アンファングは吸血獣に向けて手の平をかざす。するとそこから目に見えない圧力のようなものが発せられ、頭が爆破《ばくは》されたように砕け散った。

「グギャッ……」

血飛沫《ちしぶき》と肉片《にくへん》と良く分からない粘液が辺りに飛び散る。それで対象は完全に沈黙した。

有り余る力の調節を確かめつつ、足下《あしもと》に流れる血の海を見つめる。

「こんな獣でも赤い血が流れているもんなんだな」

やはり吸血鬼の本能がそうさせるのだろう。流れ出た薔薇《ばら》のように紅い鮮血《せんけつ》を見ていると、脳の奥が熱くなるような感覚に陥《おちい》る。

——やばい、やばい、俺今、楽しそうな顔をしてたかもしれない。

アンファングは吊《つ》り上がった口角を思わず手で押《お》さえた。

そこでふと、助けた少女のことを思い出す。意図せず放った一撃《いちげき》はかなりの衝撃だった為《ため》、巻き込まれていやしないか心配になったのだ。

少女は抉《えぐ》れた地面のすぐ横で、気が抜けたように座《すわ》り込んでいた。怪我《けが》をしている様子はなかったが、目の前で起きた出来事に唖然《あぜん》としているようだった。

アンファングはそんな彼女のもとへと歩み寄り、手を差し伸べる。

「……私に？」

「この状況《じょうきょう》で他に何かあるか？」

それが自分への厚意《こうい》だと気付かされた少女は、ゆっくりと身を起こす。

「あ、ありがとう……」

そう言って彼女もまた、手を伸ばした。

この世で人のみが数多《あまた》の種族を超《こ》え、本能に抗《あらが》う力を手に入れた。

しかし、本能に逆らうことは進化の停滞《ていたい》を招く。

それは、吸血鬼も然《しか》り——。

アンファングの口元に不気味な笑みが零れた。刹那《せつな》、少女の手首を強く掴《つか》む。

「え……？」

何が起きたのか理解する間もなく、彼女の体はアンファングの腕《うで》の中へと強引《ごういん》に引き寄せられる。既《すで》に彼女の首筋には、鋭い牙が突《つ》き立てられていた。

「……!?」

腕の中にある少女の体がビクッと震《ふる》える。

彼の中に躊躇《ためら》いはなかった。

牙が皮膜《ひまく》を突き破《やぶ》る感触《かんしょく》。

先端《せんたん》が一気に頸動脈《けいどうみゃく》にまで到達《とうたつ》する。

「あ………」

彼女の口から痛みと快感が入り混じった扇情的《せんじょうてき》な声が漏れる。

と、同時に、アンファングの中に大量の鮮血が流入してくる。

喉《のど》を鳴らし、欲望のままに吸い上げる。

――……う……うまい。

熱を持った液体が喉を通り抜ける度に、体だけでなく精神も癒《い》えてゆくような感覚に陥る。まるで、ひび割れた大地に雨が降り、緑が繁茂《はんも》してゆく光景に等しい。それは血を欲《ほっ》する吸血鬼としての本能的な感情。

だが今の彼の頭の中は、それだけではなかった。

冷静な感情と共にある現象が脳内で起きていた。吸い上げた血液に含まれる多くの情報が、数値として頭の中に入ってきたのだ。

例えば、赤血球などの血液成分に関する値から、肝機能《かんきのう》や腎機能《じんきのう》に関する値などが直接、脳内に明示される。それらは本来、採血管や顕微鏡《けんびきょう》上の血液検査でしか分からないこと。来栖 涼がいた世界の医学でしか表せないものだった。

彼自身、転生した際に身に付けた知識があったので、血液に含まれる情報の意味は理解できていた。この現象は恐《おそ》らく、アンファングに備わっている血の味を利き分ける能力に、涼としての知識が加わったことで正確な数値を弾《はじ》き出せるようになったのだろう。早速《さっそく》、転生したことによる恩恵《おんけい》の一部が発揮され始めたのだ。

そのこともあって、彼女の中に普通《ふつう》では考えられない大きさの数値を示すものがあることに、すぐに気が付いた。まずは白血球の異常な多さだ。普通の人間でも何かのウィルスに感染《かんせん》したりすると、異物を排除《はいじょ》する為に一時的に白血球が増大することがあるが、彼女の場合はその比ではなかった。止血作用を持つ血小板の数も同様で、通常では有り得ない数値を示していた。血液中にこれだけの比率で存在するならば即座《そくざ》に血栓《けっせん》ができてもおかしくない。というか、それ以前にこんな血液の人間が存在することが信じられなかった。

現代医学に於いては生命維持《いじ》に支障をきたすレベルだ。

ただ、そんな血液の中に未知の物質が存在していた。恐らく、この物質が異常な血液を安定させている要因である可能性が高い。

では、この未知の物質は何なのか？

現代医学の中に存在しないものは、いくら考えても分かりはしない。しかし、アンファングの記憶には、未知の物質に重なる情報が存在していた。

──これは……もしかして……。

自身の鼓動が脈打つ感覚を捉えた。喉を通り抜けた僅かな量の、その物質が、炭酸水の泡《あわ》のように弾けて消える。

そこに内在するものの正体に気付いた時──アンファングは我に返った。

「……！」

腕の中にはいつの間にか繊弱《せんじやく》な体が収まっていた。

本能の赴《おもむ》くままに吸血してしまった現実を目の当《ま》たりにし《あ》、慌てて少女から身を離《はな》す。

自分がしでかした事に頭が真っ白になる。だが、もう遅《おそ》い。彼女を傷付けてしまった事実は変わらないのだ。空腹であったから、起き抜けであったから、などという言い訳は陳《ちん》腐《ぷ》でしかない。口の中に残る血の味が、猛烈《もうれつ》な後悔に変わる。でも今は――、

――……止血しないと！

真っ先にそう思った。太い牙が頸動脈を貫《つらぬ》いたのだ。普通なら牙を抜いた途端に、血が噴《ふ》き出してくる。しかも全ての血を吸い尽《つ》くしたわけではなく、途中で止めたのだから尚《なお》更《さら》だ。体内に残っている血液が、心臓の鼓動に合わせて噴水《ふんすい》のように溢《あふ》れ出す。そんな光景がすぐに頭に浮かんだ。だが――、

実際には、そうはならなかった。

項垂《うなだ》れている少女の首筋には、二つの創痕《そうこん》がはっきりと刻まれてはいたが、そこから出血している様子は窺えない。それどころか傷口は完全に塞《ふさ》がり、瘡蓋《かさぶた》となっていた。

「こいつは……」

アンファングは、あの特殊《とくしゅ》な血液の存在を思い出す。

――多分……というか、ほぼあの血のせいだな……。

「はぁ……はぁ……はぁ……」

少女は未《いま》だ腰《こし》を抜かしたまま、息を荒くしていた。その吐《と》息《いき》には、微《かす》かに喘《あえ》ぐような声も混じっていて、聞くだけでも艶《なま》めかしい感じがしてくる。なんとも居《い》心地《ごこち》が悪い状況で、

しばらくそのままでいると、ようやく彼女が顔を上げる素振《そぶ》りを見せる。

——そういえばバタバタしてて、まともに顔を拝んでなかった……。

くすんだ灰髪《はいはつ》の向こうに現れる、端整《たんせい》な顔立ち。橙黄色《とうこうしょく》の円《つぶ》らな瞳《ひとみ》と、透き通るような白肌《しらはだ》が印象的。歳は十四、五だろうか？　年頃《としごろ》の少女の割には生気や気力を感じないのが気になった。それが幽霊《ゆうれい》だと言われたら信じてしまうくらいに。

そんな彼女の瞳がアンファングの姿を捉えた時、小さな唇が静かに開く。

「大丈夫……？」

「は？」

アンファングは予期していなかった問いかけに戸惑《とまど》った。

——……どういう意味だ？　血を吸った側じゃなくて、吸われた側が「大丈夫？」って……むしろそれは俺が言うべき台詞《せりふ》じゃないか……？

彼は当然こう続ける。

「何がだ？」

「えっ、あ、あの……まずくなかった……？」

「……」

状況から判断して、これは恐らく血の味のことを聞いているのだろう。

「いや、そんなことは……むしろ、うまかった」

――なんでまともに受け答えしてるんだ俺は……！

「……！」

素直に感想を述べると、これまで淡《あわ》い表情しか見せていなかった彼女が瞠目《どうもく》した。

急に立ち上がって彼の顔を見てくる。それは心底驚いているといった様子。

「今……なんて？」

「え？　だから……うまかったと……」

「……!!」

彼女は信じられないといった様子で身震《みぶる》いした。そして何を思ったのか、そのままアンファングの手を取り、両手で包《つつ》み込むように握《にぎ》り締《し》めてきた。

そこからは綿のように柔《やわ》らかい感触が伝わってくる。

「ちょっ……おい……」

「見つけた……」

「何の話だ？」

唐突に意味の分からないことを口にした彼女は、特にアンファングのことを恐れる様子もなく、ただ笑みを浮かべる。

「ふふっ」

――何だ……？　そこ笑うところか⁇

「というか……これは何だ？」

握られた手を指摘《してき》すると、彼女はハッとなる。

「え……あっ……ご、ごご、ごめんなさい」

「いや……」

慌てて手を引っ込め、俯《うつむ》いてしまう。

そんな彼女の姿を見ながらアンファングはモヤモヤとした気持ちになった。

「……血を吸われたことが、そんなに嬉《うれ》しかったのか？」

「おいしかったって……そんなふうに言ってくれる吸血鬼は初めてだったから……」

少女の顔が柔らかに綻《ほころ》ぶ。

「ということは、他の吸血鬼にも吸われたことが？」

「ううん……あなたが初めて。だって……みんな、私から穢《けが》れた臭いがすると言って嫌《いや》な顔をするから……」

アンファングは先ほどの吸血獣の行動を思い返していた。少女の頭に齧り付こうとしていた吸血獣は、その寸前で行為を取り止《や》め、ただ彼女を殴《なぐ》り殺そうとしていた。

吸血鬼だけでなく、本能のままに人を襲う吸血獣ですら捕食《ほしょく》しようとしない彼女。その姿を改めて視界に入れながら、アンファングは「ふむ」とだけ呟《つぶや》いた。

と、そこで少女が、伏《ふ》し目《め》がちになりながら尋《たず》ねてくる。

「どうして……私を助けてくれたの？　吸血鬼なのに……」

「え……」

――吸血鬼が人間を助けては不自然だったか？　でも、あの状況で見過ごすなんてできないしな。それに結局は吸血してしまっているのだし、果たしてこれは助けたと言えるのだろうか？　むしろ逆に吸血獣から獲物を奪《うば》った感じになっているような……。本人が助けてくれたと思ってるなら、それでいいのかもしれないが……実際、成り行き以外の何ものでもないからな……。

「……助けたかったから。ただ、それだけだが？」

投げやりな理由を告げるも、彼女はまた「ふふっ」と微笑《ほほえ》む。

「そんなことよりも、お前は……」

そこまで口にすると彼女は察してくれたようで、自ら名乗り始める。

「私の名前は……リーナ・シリングス。……ヴァ、ヴァンパ、パイア、アハ、ハン、ンタ、ターです」

「ヴァ……!?」

その職業名を耳にした途端、アンファングは反射的に退きそうになった。

ヴァンパイアハンター。それは吸血鬼にとって侮《あなど》りがたい難敵。

吸血鬼と人間の長きにわたる戦いの中で蓄積《ちくせき》された知識と技術は、多くの吸血鬼達を苦しめてきた。特にヴァンパイアハンターが様々な形で操《あやつ》る《聖像結晶機《イコン》》と、そこから発せられる《聖力《ソリス》》は、不死である吸血鬼に対し、回復に手こずるほどのダメージを与《あた》えられる力を持っていた。

それは、だからこその反応だった。だが、動揺《どうよう》したのは最初の数瞬《すうしゅん》だけ。

目の前の彼女からはそういった圧力《プレッシャー》を全く感じなかったからだ。そもそも先ほどの吸血獣を相手に腰を抜かしていたくらいなので、真実ヴァンパイアハンターだったとしても、その能力はたかが知れている。

「本当にヴァンパイアハンターなのか？　俺にはそうは見えないんだが……」

「……本当」

「じゃあ、さっきの吸血獣は……」

「私には……無理だった」

「……」

――無理……って、ヴァンパイアハンターがそんなんでいいのか⁉　よくよく見れば武器一つ持っていないし、装備だって整ってないじゃないか。明らかに戦う者の格好じゃないぞ。

が、しかし、アンファングはすぐに彼女が着ている服に注意が行く。それは白を基調とした軍服のようなもので、左腕《ひだりうで》には十字架《じゅうじか》と銀の杭《くい》が交差した紋章《もんしょう》が見て取れる。

――こいつは確かに、教会所属のヴァンパイアハンターの制服だが……。

全体的に薄汚《うすよご》れて灰色がかり、所々破けたりもしていて、一目ではそれと分からないほどボロボロだった。その草臥《くたび》れた制服からは、アンファングが知る人類反抗《はんこう》の象徴《しょうちょう》である凛《りん》とした雰囲気《ふんいき》は感じられず、今や防寒防暑と肌を隠《かく》す為だけという機能面しか無い服に成り下がっていた。

――制服だけ着ていても中身が伴《ともな》っているとは限らないからな。彼女はああ言い張っているが大方、吸血鬼である俺を牽制《けんせい》する為の方便だろう。

「で、そのヴァンパイアハンターさんが、こんな場所で何をやってたんだ？」

それは真っ先に思う疑問だった。アンファングもここまで歩いてきたから分かる。この一帯には少なくとも踏破《とうは》に数日はかかる未開の森が広がっている。その森の中には魔獣や魔物《まもの》の巣はあれど、人里などは一切《いっさい》無い。そんな場所で自称《じしょう》ヴァンパイアハンターの少女が一人だけで彷徨《さまよ》っている理由が分からなかったのだ。

そこで彼女から返ってきた答えは意外なものだった。

「ここに……住んでるので……」

「……はい？」

何の冗談《じょうだん》だろう？　アンファングはそう思った。

ここまでの道中で双頭《そうとう》の狼《おおかみ》や、角を持った大熊など、いかにも好戦的で獰猛《どうもう》な魔物を見てきた。今だって吸血獣に襲われていたくらいだ。あんなものがうようよとする中で、こんないかにもひ弱そうな少女が一人で暮らすなど考えられない。

──いや、待てよ？　誰《だれ》が一人でと言った？　もしかしたら屈強《くっきょう》な戦士と二人で住んでいるのかもしれないし、二人どころか数十人かもしれない。それならば、まあ、なんとか納得《なっとく》できる範囲だ。

「他にも誰か一緒《いっしょ》に？」

「いいえ……私一人で……」

「……」

──マジか……！

「すぐそこに家がある……」

彼女は真後ろにあった森の奥《おく》を指差す。だがそこには緑が鬱蒼《うっそう》としていて、とてもそんな物がありそうにはみえない。

「大丈夫《だいじょうぶ》なのか？　こんな場所に一人で……。危険すぎるだろ」

「……平気」

「と……言われても説得力がないな」

言わずもがな、彼《かれ》がここに通りかからなければ大変なことになっていたのは明白。

と、そこで、今までぼんやりと会話していた彼女が、急に驚いたように目を見開いた。

「もしかして……心配してくれてる……？」

「まあ、そうだな」

「……！」

リーナは、よもや自分に対してそんな感情を抱《いだ》いてくれる人がいるとは思ってもみなかったようで、更《さら》に目を見張った。アンファングとしては、か弱い少女をこんな場所へ置いて行くことは心配すぎてできないというだけだったのだが……。

「そもそも、どうやって暮らしてるんだ？　食料は？」

「食べ物は……森の中を探せば結構ある……」

「それは毎日、確実に得られるものなのか？」

「え……と、そんな感じ……」

アンファングが眉尻《まゆじり》を上げると、彼女は不自然にまばたきを繰《く》り返す。

どうやら嘘《うそ》は吐《つ》けない性格らしい。

「じゃなくて……三日に一度……くらい……」

「量は？」

「良くて……ケプルの実……一個か二個……」

「悪くて？」

「野草の葉とか……根っこ……」

「……」

アンファングは絶句した。

――そんなの腹を満たすとかいうレベルじゃないだろ！

改めて彼女の姿を見回すと、だいぶやつれた感じで到底《とうてい》栄養が行き届いているとは思えない風貌《ふうぼう》だった。

――これは……本格的に彼女の生活環境《かんきょう》が心配になってきたぞ……。

アンファングは繁《しげ》みの奥へと足を向ける。

「ちょっと家を見せてもらっていいか？」

「えっ」

するとリーナが慌てた様子でマントの裾《すそ》を掴んできた。

「ま、待って……」

「何か見られては、まずいものでも？」

「そういうわけじゃない……けど……」

彼女の頬《ほお》がほのかに染まるのを見た。どうやら恥ずかしいらしい。

——何が恥ずかしいというのだろうか？　俺《おれ》にはその感情は分からない。だが俺は見るぞ。心配だからな。

「なら、問題無いな」

「あっ……」

そう言って動き出したアンファングの後を、リーナが追おうとした時だった。

ジャラジャラ
ふと、この場にあって不自然な音がアンファングの耳に入ってくる。

細かな金属の破片《はへん》が地面を擦《こす》るような音だ。

その音の正体は彼女の足元にあった。リーナの右足首に鉄の足枷《あしかせ》が嵌《は》められており、そこから伸びる鎖《くさり》が地面の小石に当たって音を立てていたのだ。

アンファングの視線がそこにあることに気が付いたリーナは、ハッとなって足元を隠そうとする。だが、それが無駄《むだ》な抵抗《ていこう》であることは当の本人が一番分かっていた。諦《あきら》めたように足を戻すと、俯いてしまう。

アンファングは思案するように顎《あご》に手を当てた。

足枷が嵌められているという事実。そこから可能性として考えられるのは彼女が囚人《しゅうじん》、または奴隷《どれい》的な存在だったということだろうか？　だったと過去形になるのは、その鎖の先が引き千切られたようになっていたからだ。

――どこから逃《に》げ出してきたのか？

そもそも彼女がなぜ、そんな目に遭《あ》っているのか？　持っている情報の中で思い当たるのは、あの血の存在だろう。珍《めずら》しい血液であるが故《ゆえ》に誰かに買われたり、迫害《はくがい》されたりとか、そういうことだ。

「そいつを見せてくれないか」

言うとリーナはビクッと震える。が、それ以上の行動は見せなかった。

それを了承《りょうしょう》と捉えたアンファングは彼女の足に手を伸ばす。

「ご、ご主人様！」

そこで今まで黙《だま》って控えていたティルが、この時ばかりはと口を開いた。大方、彼女はこう言いたいのだろう。「吸血鬼王《きゅうけつき》ともあろう御方《おかた》が、下々の者、それも人間の足元に跪《ひざまず》こうなどあってはなりません」と。

だが、もう知ってしまったものを見て見ぬフリをしろというのも彼の性格上、無理な話だった。

「少し興味があるんだ。いいだろ？」

「ご主人様が……そう仰《おっしゃ》るのならば……」

その表情に多少の歯痒《はがゆ》さは感じ取れたが、彼女は素直《すなお》に応じてくれた。

アンファングが屈《かが》むと、リーナは戸惑いを見せつつも足先を差し出してくる。

それは一般的《いっぱんてき》な鉄製の足枷だった。この程度のものなら、鍵《かぎ》が無くとも時間と道具さえあれば物理的に破壊《はかい》することは可能だろう。しかも今は、誰かの監視《かんし》下にあるわけでもなさそうなので、やらない手は無い。なのに、このままにしている理由はなんだろうか？

アンファングは指先で足枷の表面にそっと触《ふ》れてみた。

「む……」

すると微量《びりょう》だが、体の中にピリッという電気の流れのようなものを感じる。

――なるほど、魔力《まりょく》が付与《ふよ》されてるのか。

足枷にかけられた魔力の種類は、《頑強《ロウバスト》》と《拘束《メーシング》》のみ。

頑強《ロウバスト》は単純に枷《かせ》の強度を上げる為にかけられているが、拘束《メーシング》は繋《つな》ぎ止《と》める為にかけられている。ようはどこに逃げ失《う》せても足枷を外さない限り、魔力をかけた主にリーナの居場所が知られてしまうということだ。

――彼女《かのじょ》が自分で外せない理由は分かったが、それにしても何の為にこんなことを……。

この世界に於《お》いて魔力を使える者は貴族とその眷属《けんぞく》である吸血鬼しかいない。大雑把《おおざっぱ》に犯人は絞《しぼ》られるが……。

囚《とら》われのヴァンパイアハンター（自称）。想像できるのはそこまでで、理由まで特定するには付与された魔力だけでは不十分だった。

――まあ、彼女に直接聞くのが一番早いんだろうが……。

「とりあえず、こいつを外しとくか。歩きにくいだろ？」

「えっ……外せるの？」

リーナは思ってもみなかったことなのか、彼の発言に驚《おどろ》きを隠せないでいた。

「俺がそんなにヤワに見えるか？」

彼女は、先程《さきほど》の吸血獣をいとも簡単に両断した彼の姿を思い起こしたようだった。

「そういうわけじゃないけど……その……無理に外すと大変なことに……」

「なるって、言われたのか？」

リーナは無言で頷《うなず》く。

確かに彼女が言っていることに間違いは無い。この足枷には複雑な魔力の流れが網《あみ》の目のように細かく張り巡《めぐ》らされている。無理矢理《むりやり》その流れを断《た》ち切ろうものなら、含《ふく》まれている魔力が暴発し、彼女の体は粉々に吹《ふ》き飛んでしまうだろう。しかも、その魔力回路とでも言うべきものは主が独自に組み上げるもので一定の法則は無く、付与した本人以外は解除することができないのが普通だ。

「ま、並みの吸血鬼じゃ無理だろうな。だが……」

アンファングは手の平を足枷にそっとあてがい、魔力の流れを探《さぐ》る。

――なるほど、簡単に読み取らせないという意志は感じるが……こんな程度か。これなら迷路《めいろ》を解くより早い。

金属の表面に幾何学《きかがく》模様のような光が一瞬《いっしゅん》だけ浮《う》かび上がる。

次の瞬間《しゅんかん》、足枷が半分に割れてドサリと地面に落ちていた。

「あっ……」

リーナは目の前で起きたことが信じられないといった様子で呆然《ぼうぜん》としていた。

地面に転がった足枷が灰になって消えてゆく姿をただ、ぼんやりと見つめている。

「これで軽くなっただろ」

アンファングがそう言うと、彼女はハッと我に返って頬を染めた。

「あ、ありがとう……」

「礼には及《およ》ばないさ。これもリハビリみたいなもんだからな」

「りは……びり……??」

彼女はきょとんとした顔で首を傾《かし》げるだけだった。

† † †

リーナの家は本当にすぐそこにあった。

背の高い雑草を掻き分け、ちょっとした段差を登った所に、走り回れるくらいの開けた場所があり、その中央に葉もつかない朽《く》ち果てた大樹が一本立っていた。

そんな場所に彼女の家はあったのだが……。

「まさか……これがリーナの？」

アンファングは呆然としていた。開いた口が塞がらないとは、まさにこのことだ。彼女が家として案内してくれた場所が、大樹の根元にぽっかりと口を空けた〝洞《うろ》〟だったのだ。元々が相当な大きさの巨木《きょぼく》である為、洞にしては大きな方だったが、それでも家と呼ぶにはどうかと思う場所。彼女が一人、やっと入れるくらいの広さしかない。

そんな洞の中にリーナはすっぽりと嵌まり、面映《おもは》ゆそうにしていた。

アンファングはその姿を見ながら思う。

——まるで妖精《ようせい》か、木の精だな……。

リスだって、もうちょっとマシな所に住むだろう。

「こうやると……雨もしのげる」

リーナは遠慮《えんりょ》がちに、大きな葉でできた扉《とびら》を閉めてみせた。

最初は冗談かと思っていたが、必死に説明してくれる彼女を見ているうちに本当にここに住んでいるのだということを実感する。

「な、なるほど……」

彼女がここで生活しているということは分かったが、まだ大きな疑問が残っていた。

いつからここに住んでいるのかは分からないが、魔獣や吸血獣がうろつくこの場所で、どうやって身の安全を確保してきたのか？　ということ。

——こんな老木じゃ、襲《おそ》われたら一溜《ひとた》まりもないだろ。

そう思いながら、なんとなく巨木の表面に触れた刹那だった。

「……？」

極僅《ごくわず》かだが、静電気のようなものが体に走った。それはリーナの足枷にかけられていた魔力に良く似ていたが、性質的には全く正反対のもの。

――こいつは……聖力《ソリス》か。

途端《とたん》、頭の中に過去の映像が流《なが》れ込《こ》む。それはまだ、この大樹が青々とした葉をつけ、活《い》き活きと枝を伸《の》ばしていた頃《ころ》の光景。その袂《たもと》で、アンファングも良く知る黒髪《くろかみ》の女性が、自身の剣《けん》を大樹の内部に埋《う》め込む姿が浮かぶ。

「そういうことか……」

聖像結晶機《イコン》。ヴァンパイアハンターが操る武器には、それが組《く》み込まれている。そこから放たれる聖力《ソリス》には吸血鬼を退ける力がある。

永い年月によって力はだいぶ衰《おとろ》えてきているが、教会最強と謳《うた》われた彼女の聖像結晶機《イコン》なら、有象無象《うぞうむぞう》の輩《やから》が敢《あ》えて寄りつくこともないだろう。

――さっき吸血獣《じゅう》に襲われていたのは、食料でも探しに出て襲われた口か……。とりあえずリーナが無事でいる理由は分かったが……ということは、やはり彼女は……。

ふと洞に目をやる。そこではリーナが不思議そうに彼を見上げていた。

――それにしても、わざわざここに住み続ける理由はなんだ？　彼女を繋ぎ止めていた奴《やつ》から身を隠す為ぐらいしか思いつかないが……。

「ここじゃなきゃ駄目《だめ》なのか？」

洞から出てきた彼女に、そう問うた。

「……ダメ」

「どうして？」

尋ねると彼女は言い淀《よど》むが、やや沈黙があった後、決意したように口を開く。

「私はこの場所で……〝吸血鬼王アンファング〟を探しているから……」

「……⁉」

よもや彼女の口から自分の名前が出てくるとは思いも寄らなかったので、顔には出さなかったが指先がピクリと反応してしまった。

「ほう……」

ポーカーフェイスを装《よそお》い、まるで他人事のような反応を返す。

リーナは意味ありげな視線でアンファングのことをじっと見つめてくる。

「……」

――む……そんなに見つめられると困るのだが。この表情でいるのは結構辛《つら》いんだぞ。

とにかく彼女には俺が吸血鬼ということは既にバレてしまっているが、吸血鬼王であることまでは知られるわけにはいかない。今後の行動が不便になる可能性が高いからな……。

アンファングは平静を装いながら慎重《しんちょう》に尋ねる。

「……何故《なにゆえ》に吸血鬼王を？」

「えっ……それは……」

吸血鬼王のことを尋ねた途端、終始淡かった彼女の表情が僅《わず》かに引き締まる。

それはまるで何かのスイッチが入ったかのよう。

「彼に会うことが、行き着く場所。それが私がこの世界に存在している意味だから」

──存在している意味……だって？　なんだそれは……。

思わぬ告白に対応を迷っていると、リーナが切望するような眼差《まなざ》しを向けてくる。

「あなたは私から何かを感じなかった？」

「何かとは？」

「……」

期待していた言葉が返ってこなかったからなのか、彼女は困ったような顔をする。

だがすぐに元の表情に戻《もど》り、意気《いき》揚々《ようよう》と語り始める。

「これは遠い昔の話。かつて、この世界の吸血鬼と人間は捕食の関係でありながらも辛《かろ》うじて均衡《きんこう》を保ってた。そこには絶対的な力で世を支配する吸血鬼王の存在があった。伝説の賢王《けんおう》アンファング。もう五千年以上も前の話とも言われているけれど、私はその存在を信じている」

急に饒舌《じょうぜつ》になった彼女は、真摯《しんし》な表情をアンファングに向けてきていた。

「ほう……」

興味無さそうに呟き、悟《さと》られないよう視線の置き場に気を付ける。

「この広大な森のどこかに吸血鬼王の居城があると言い伝えられている。なので私は、ここで彼を探している」

「探してるって言っても顔も知らないんだろ？　もし出会っても分からないんじゃないか？」

「大丈夫……顔は分かるので」

「え……」

「ちょっと……待ってて」

そう言ってリーナは唐突《とうとつ》に家という名の洞の中に入り込み、何かを探り始める。

アンファングは、突然《とつぜん》アクティブになった彼女に少し圧倒《あっとう》されながらも自身の姿について考える。

──今の俺は変化《フェンタグ》の魔力で姿を完全に変えてしまっている。それを無効化するようなものでもなければ見た目で身バレすることはまず無い。そうと分かっていても……急にそんなことを言われたら一瞬だが焦《あせ》るな。

そうこうしているうちにリーナが何かを持って戻ってくる。

彼女が手にしていたのは木の皮を利用した樹皮紙のようで、広げて見せてくれたそこには、かなり手の込んだ絵が画面一杯《いっぱい》に描《か》かれていた。

「これ……見て。この荘厳《そうごん》な出で立ち。水銀を流し入れたような髪は神々《こうごう》しい輝《かがや》きを放ち、柘榴石《ざくろいし》のような紅《あか》い瞳は慈愛《じあい》の眼差しを世に向けている。真珠《しんじゅ》のような太い牙《きば》が生える口からは徳のある言葉が溢れ出す。黒曜石のような艶《つや》のある角からは静かな威厳《いげん》を感じる。全てに於いて気品があり、それでいて大きな優《やさ》しさに満ち溢れている。とても素晴《すば》らしいでしょう?」

吸血鬼王のこととなると言葉が次から次へと溢れ出てくるのか、彼女は嬉しそうに絵の説明をしてくれていた。

実際、その絵は画面への手数の多さや緻密《ちみつ》さから、かなりクオリティの高いものだった。が、問題なのは、それがやたらとリアルで禍々《まがまが》しいところだった。牙から流れ出た粘《ねば》り気《け》を感じる赤い血や、蛇《へび》のように乱れた髪、闇《やみ》を照らすような鋭《するど》い眼光などからは見ている者を不安にさせるくらいの絵力があった。

アンファングが、その絵を見て感じた第一印象はこうだ。

——こいつは…………誰だ?? こんな怪物《かいぶつ》、知っている魔物の中には存在しないぞ。それに実際にいたとしたら、相当に目立つだろうな。

するど彼女は、うっとりとした表情でその絵を見つめながら言う。

「夢の中に出てくる彼は、こんな姿」

——……まさかとは思うが……これは……俺なのか⁉

「この黄金色《こがねいろ》に輝くたてがみも、ふわふわとしていて気持ちが良さそう」

——何故《なぜ》、たてがみ⁉

「特に、この額から生えている角の色と質感は再現するのに苦労したんだー」

「再現……って、これリーナが描いたのか⁉」

「ん……？　そうだけど」

彼女は意想外だったのか、きょとんとしていた。

——これは……間違《まちが》った方向に才能を発揮してしまってるんじゃ……。あと、これだけは言っておきたい。俺に角は生えてないぞ？

「何か問題でも……？」

「いや……なんというか……もっと簡素な感じでもいいんじゃないのか……と思ってな」

「あ……そっか。たてがみとかは、もっと素直な毛並みの方が彼らしいかもしれない」

——そういう問題じゃないんだが！

アンファングが、やや呆《あき》れている最中、彼女は手にしている肖像画《しょうぞうが》（？）と彼の顔とを交互《こうご》に見比べていた。

「……何をしてるんだ？」

「あなたは……この森で出会った初めての吸血鬼だから……」

「……」

「吸血鬼なのに私の身を案じてくれて。本能に逆らって吸血を途中《とちゅう》で止めてくれた。そして何よりも……私の血を受け入れてくれた……」

リーナは橙黄色の瞳を滲《にじ》ませながら、期待の眼差しを彼に向ける。

「何が言いたい？」

アンファングは落ち着いた声で問い返す。すると彼女は、思い定めたように言い放つ。

「私まだ……あなたの名前を聞いてない……」

リーナは今までに無く真剣《しんけん》な面持《おもも》ちでいた。

──マズい……これは完全に疑われてるな……。「まさか、こんな俺みたいな若造が吸血鬼王な訳ないだろ。王と言ったらもっと年上で、貫禄《かんろく》と風格を兼《か》ね備《そな》えているような人物じゃないか？」とか言ってみるか？　だが、吸血鬼が不老なことは周知されているだろうし……あまり説得力は無いか……。そういや、はっきりとは「あなた吸血鬼王？」と聞かれていない。なのに、こちらからそんな事を言い出したら、吸血鬼王だって自分で言ってるようなもんだ。うーん、ここは自然な感じでスルーしとくか？　だが……さすがに何も答えず有耶無耶《うやむや》にできそうな雰囲気ではないな……。さて、どうする？　嘘の名前を言うことは可能だが……。

チラリと斜《なな》め後《うし》ろを窺《うかが》うと、ティルが殺気だった視線を送ってきているのが分かった。

彼女が言いたいことは、恐《おそ》らくこうだ。

『ご主人様、殺《や》ってしまいましょう』

それが、なんとなく分かったのは、それだけ敵意が表に出てしまっているから。

——おい、あんまりギラギラさせてると、正体がバレてしまうぞ……。

そんな意味を込めた視線を送り返すと、彼女はハッとなって殺気を抑《おさ》えた。

アンファングは、やれやれとしながら意識を元に戻す。

とそこで、ある一つの考えが浮かんだ。

——逆にこっちから探りを入れてみるか。

アンファングはリーナの方へ向き直り、平然とした態度で尋ねる。

「これは例えばの話だが、吸血鬼王に会ってどうするんだ？」

「……どうする⁇」

「ん?? 会うからには何か用があるんじゃないのか?」

「吸血鬼王に会うことまでしか……考えていなかった………かも?」

「……」

アンファングは内心困惑《こんわく》した。かなり真剣に出会いを求めていた節があったのに、その理由がはっきりとしないものだったからだ。それに〝会うこと〟だけが目的なら、彼女は彼の正体を知らないとはいえ、既《すで》に達成してしまっている。

――これが彼女の言う〝存在している意味〟だと言うのだろうか? それともやはり俺が正体を明かさないと駄目なのか? というか、仮にここで正体をバラしたとしたら、どうなるんだろうか……。「アンファングさん! 会えて嬉しいです! サイン下さいっ!」ってなふうになるわけでもなさそうだし……。それに彼女が本当にヴァンパイアハンターなら、吸血鬼に会うことを切望するなんておかしな話だ。俺が仇《かたき》とかいう可能性もあるが、あの素振《そぶ》りからはそういった様子は感じ取れない。分からん……。ここはもう少し探る必要があるな……。

「本当に会うだけなのか? 会って何かしたりするんじゃないのか?」

「強《し》いて言えば……会って……お嫁さんに、い、いなる……とか?」

「え……?」

「え？」

「えっ⁇」

アンファングは思わず二度聞き返した。

そんな彼の反応を予想してなかったのか、リーナも目を丸くしている。

「⁇」

そしてティルまでもが、あまりに唐突すぎて何の話なのか飲《の》み込めず、疑問符《ぎもんふ》を頭の上にたくさん浮かべていた。

リーナは自分の発言がおかしいとは思っていなかったらしく、しばらくきょとんとしていたが、その内に何かを思い立ったようで、

「えっと……今の所は……」

と、付け加えた。そんな彼女の顔は、心なしか火照《ほて》っているようにも窺えた。

「……」

俯き加減でいるリーナをアンファングは黙って見守る。

そこから何か話が進展してゆくのかと思い、しばらく待ってもみたが……そんなことは全く無く、妙《みょう》な沈黙《ちんもく》が過ぎるだけだった。

――まだ彼女の中で俺がアンファングと確定したわけではないので、それも当然か……。

「ふむ……」

そこで彼は思い付く。

「一つ提案がある」

「……何？」

「その吸血鬼王とやらの存在は知らないが……俺達《おれたち》に付いてくる分には別に構わないが、どうする？」

アンファングとしては、その方が彼女の身の安全が保てると考えたのだ。

途端、リーナは目を丸くする。

「……！　い、一緒に行く……」

即答《そくとう》だった。

「いいのか？　この場所にいなくて」

「大丈夫……あなたに付いて行けば、吸血鬼王に会えるような気がするから……」

リーナは再び、意味深な目でアンファングのことを見てきていた。

「……」

――む……そんなふうに見られたら、こちらから先に目線を外せないじゃないか……。

二人で意味も無く見詰《みつ》め合っていると、近くで声が上がる。

「ご主人様……」

慌《あわ》てたように分け入ってきたのはティルだ。

「どうした？」

「このような者を……しかも人間を我々に同行させるなど……本気でお考えで御座《ござ》いますか？」

「ああ、本気だが。何か問題でも？」

「問題以前で御座います。吸血鬼が人間と共になど……」

「吸血鬼と人間が一緒にいることが問題以前だというのなら、今の俺は取り敢えず人間の格好だからな。人間同士が共にいることの方が自然だと思うのだが？」

「そ、それは……そうですが……」

ティルはそれ以上何も言えなくなり、言い淀んでしまう。

「それにこれから俺達は人間の町へ行く。ならば人間であるリーナを連れていた方が怪《あや》しまれずに済むだろ？」

「なっ、なるほど！　そこまでお考えでしたか」

彼女は青天《せいてん》の霹靂《へきれき》とばかりに瞠目《どうもく》する。

「先ほどの失言をお許し下さい」

「ああ、構わないよ」

言ってやると、彼女は企《たくら》みに満ちた表情でアンファングに耳打ちしてくる。

「ついでに携行《けいこう》用のお食事も確保なさったという訳ですね。さすがで御座います」

ティルはしたり顔でリーナに目を向けていた。

——いや、違《ちが》うんだが……。

「ご主人様が御試食《ごししょく》なさった上で尚且《なおか》つ確保なされたくらいの人間なわけですから、それだけお気《き》に召《め》されたということです。そんな特別なお食事を大切に愛《め》でるのは、ご主人様に仕える者として当然の行為《こうい》で御座いました。理解が至らず申し訳ありません」

「……」

——だから違うっての！　……少しズレているが、これ以上はもういいや……。

勘違《かんちが》いをしている彼女は一先《ひとま》ず置いておき、リーナにティルを紹介《しょうかい》する。

「彼女はティル。俺の……」

——なんて紹介したらいいだろうか？　武器というのもどうかと思うし、右腕《みぎうで》というのも味気無い。彼女にはこれまで色々と世話になってきているし。となると……。

「俺の大切な人だ」

素直に言ったつもりだった。しかし誤解を与《あた》えてしまったらしい。

「えっ……二人は……そういう関係？　だから……ご主人様って……」

リーナは刮目《かつもく》しながらアンファングとティルを交互に見回した。

ティルはというと、言葉のままに受け止めたようで、とても嬉《うれ》しそうにしている。

「い、いや、そういう意味ではなくて……。それだけ世話になっているということだ」

「はあ……」

リーナはそれで納得したのか、そうでないのか、微妙《びみよう》な面持ちでいた。

「とにかく……よろしく頼《たの》む」

「あ……はい。よろしく……ティルさん」

リーナは、やや緊張《きんちよう》気味に彼女に向かってそう言った。言われた方のティルは、よもや自分がそんなことを言われるとは思ってもみなかったようで、

「えっ、わ、わたくしに……⁉」

と、珍しく困惑していた。アンファング以外の他者とあまり会話を交《か》わす機会が無い彼女。少なくとも最近は五千年間、寝《ね》ている彼と二人きりでしか過ごしてこなかったのだろうから尚更《なおさら》だ。しかも種族の違う者に好意的に話しかけられることも初めての経験に違い無《な》い。どう対処していいのか分からずに戸惑《とまど》っていた彼女だったが、ぎこちないながらも最終的に口を突《つ》いて出た言葉は、

「よ……よろしくお願いします……リーナ」

という、いつものティルの口調だった。

――とりあえず、彼女達《かのじょたち》についてはこれでよし。あとは……。

「最後にもう一つ。共に来ることについて条件がある」

「何……？」

唐突に言われたリーナは、不安そうな表情を見せる。

「ここからは俺のことを〝ご主人様〟と呼ぶように」

「……」

彼女は無表情で固まっていた。

――た……他意は無い。いや、あるか……。ただ、自分の名前を名乗るわけにはいかないし、かといって良い名前が咄嗟《とっさ》に思い付かなかったのだから仕方が無い。それにティルも同じように呼んでいるので、外から見て違和感《いわかん》が無いと思っただけなんだが……そんな目で見られると胸の辺りが苦しくなるのは何故だろうか……？

アンファングはどんな反応が返ってくるのか内心、不安だった。

だが、しばらくすると、彼女は頬を紅潮させながら呟《つぶや》いた。

「はい……ご主人様」

【第二章】偽《いつわ》りの聖剣《せいけん》使い

ネーヴェルガルト。

そこは様々な気候が入り乱れる大地。

北に凍《い》てつく地もあれば、南に熱砂と荒野《こうや》が続く地もある。

緑が広がる穏《おだ》やかな地もあれば、瘴気《しょうき》と闇が渦巻《うずま》く暗影《あんえい》の地もある。

そんな千態万状《せんたいばんじょう》の自然の中に、まるで間借りでもするかのように僅かに開拓《かいたく》された土地が点在している。

それが人間の生きる場所だった。

アンファングの居城がある瘴気の森より西方。そこに《ヴェルクラウツ》という町がある。ヴェルクラウツは魔獣《まじゅう》から採取した素材の加工品によって発展した町だ。

魔獣は余すところの無い優秀《ゆうしゅう》な資源である。その皮や骨は衣料や生活用品に、血肉は薬に、牙や角は武具や聖像結晶機《イコン》の部品にも使われる。お陰《かげ》で素材の加工技術が発達し、職人も多く住まう町となった。加工された品は西の王都に向けて多く流通し、小規模の町ながらも住民は比較的《ひかくてき》豊かな暮らしを送っていた。

と、そこまでがアンファングが知る五千年前までの情報。

そして彼《かれ》らは今、そのヴェルクラウツの町の入り口に立っている。

——無くなってたらどうしようかと思ったが……ちゃんと同じ場所にあったな。

眼前には、この町の特徴《とくちょう》の一つでもある石壁《いしかべ》がそびえ立っている。高さにして約三、四メートル。それが町全体を取り囲むように築かれている。

魔獣を狩《か》る者達は、儲《もう》けに目が眩《くら》んでも決して瘴気の森に足を踏《ふ》み入れたりはしない。そこが危険な場所だと知っているからだ。狩るのは決まって森の外へと迷い出てきたものだけである。この巨大《きょだい》な石壁は、そんな魔獣から町を守る為《ため》の堡塁《ほうるい》の役割を担《にな》っていた。

アンファングは石壁に近付き、仰《あお》ぎ見る。所々が崩《くず》れかかっていたり、大量の蔦《つた》が絡《から》みついていたりして管理が行き届いていないのが見て取れる。実際、それが五千年前のものと同じ石壁であるというのなら、当時の技術である聖動工学によって築かれているはずである。普通《ふつう》の石壁なら崩壊《ほうかい》していてもおかしくないような長い年月を越《こ》えて今も現存しているということは、その可能性が高い。

石壁の表面に触れ、その状態を確かめる。

「ふむ……」

酷《ひど》い管理状態ながらも、それなりに修理や補修の跡《あと》が見受けられるのは、この壁《かべ》が町の住人に未《いま》だ必要とされている証拠《しょうこ》である。しかし、目の前の石壁は魔獣に対する防護壁《ぼうごへき》という本来の目的から見ると、少々おかしな箇所《かしょ》があった。

「あれは何だ？」

アンファングは視線を石壁の上へと向ける。そこには無数の十字架《じゅうじか》が等間隔《とうかんかく》に並び立てられていたのだ。しかもそれは、他と比べても比較的新しいようだった。

「吸血獣《じゅうよ》除けかと思われますが」

傍《そば》にいたティルがすぐに答えてくれた。

十字架は吸血獣に対する忌避物《タリスマン》として効果があるという。飛行する個体にもある程度有効なのだとか。

「あー、虫除《むしよ》けみたいなものか。ということは、それぐらい頻繁《ひんぱん》に吸血獣の襲撃《しゅうげき》があるってことだな……」

再び墓標のように並ぶ十字架に目をやる。魔獣に対する防護壁は、五千年の間に吸血獣から身を守る為のものへと完全に変わり果てていた。

「それにしても……」

アンファングは目を細める。

十字架から微量の圧力《プレッシャー》を感じる。

遺伝子に刻まれた記憶《きおく》なのか、見ていてあまり良い気分はしない。

——まるで嫌《きら》いな虫とか、嫌いな食べ物とかの写真をポスターにして大量に貼《は》られている気分だな……。

そんな事を思っていた時、リーナが不安げな表情で尋《たず》ねてくる。

「あの……大丈夫《だいじょうぶ》？」

それは多分、アンファングの体を心配しての言葉。

十字架を目にした時に見せた僅かな表情の変化を見逃《みのが》さなかったのだ。

「ああ、なんともない。少し気になっただけだ」

「よかった……」

リーナは安堵《あんど》したような柔《やわ》らかい笑《え》みを見せる。

その姿を見ているだけで温かく、気が休まるような不思議な感覚を覚える。

以前のアンファングだったら、こんなことに意識が向くことは無かった。これも涼《りょう》として生きてきた経験があったからこその感情なのだろうか？　少しこそばゆくもある。

——前世で、数ある本の中にたまたま交じっていた少女漫画《まんが》を読んだ時に、似たような感覚に陥《おちい》ったことがあるが……どうしてそんな気持ちになるのかが今ひとつ分からなかったんだよな……。とにかく、これは初めての感覚だ……。

二人がそんなやり取りをしている横でティルが一人納得《なっとく》したように頷く。

「人間の言葉ですが、〝美味《おい》しい家畜《かちく》ほど良く懐《なつ》く〟という諺《ことわざ》があるようですので、つまりそういうことなのでしょう」

「あのなあ……」

アンファングが一言忠言しようとすると、隣《となり》にいたリーナは嬉しそうに顔を赤らめる。

「美味しいって……」

「いやいや、あれは褒《ほ》め言葉《ことば》じゃないからな？」

「うふふ……」

「……」

リーナは小さく笑っていた。そんな言葉も彼女にとっては肯定的《こうていてき》に聞こえるらしい。

――ったく、どんだけポジティブなんだ。……いや……むしろ……。

ついさっきまで彼女の足首にあった枷のことを思い出す。と、不意に、

「そこで何をしている」

近くで咎《とが》めるようなキツめの声が上がった。

声がした方を見ると、髭《ひげ》を蓄《たくわ》えた屈強《くつきよう》そうな男がアンファング達に近づいてきていた。訝《いぶか》しげな表情を向けてくる彼の腰《こし》には、無骨な造りだが一振《ひとふ》りの剣が窺える。

石壁の間には城門のようなものが設けられているが、どうやら彼はそこの門番らしく、壁の前で会話するアンファング達を不審《ふしん》に思って接触《せつしよく》してきたようだ。

見渡《みわた》せば門の両脇《りようわき》にも二人、長槍《ながやり》を持った厳《いか》つい男達が立っていてアンファング達に怪《け》訝《げん》な視線を向けてきていた。

「何をしていると聞いているのだが？」

髭の男は強めの口調で回答を急《せ》かす。

リーナはビクッとしてアンファングに寄り添《そ》った。

「いや、ただ会話をしていただけだが？」

アンファングは軽い口調でそう答えた。

髭の男は眉間《みけん》に皺《しわ》を寄せる。

「……見たところヴェルクラウツの人間ではないようだが？　この町に何の用だ」

「買い物だ」

嘘《うそ》は言っていない。実際、この町には世間の様子を探ると同時に、血液の代替品《だいたいひん》研究に必要な食材を調達しに来たのだから。

「買い物だって？　この御時世《ごじせい》にか？」

髭の男の顔は疑念に満ちていた。

「しかも、お前達だけで？」

吸血鬼《きゅうけつき》が大手を振《ふ》って歩く物騒《ぶっそう》な世の中を少年と少女（に見える）のみで旅してきたとなれば、そう思われるのも当然だった。

「一体、どこの町からやってきたんだ？」

吸血鬼王の城からやってきた、などとはもちろん言えない。ならば記憶の中にある近隣《きんりん》の町の名を言おうと口を開きかけたが……。

――五千年の間にヴェルクラウツの名は変わっていないようだが、他の町もそうとは限らない……。西の王都ですら王朝が入れ替《か》わっている可能性がある。リーナならば近隣の町名の一つや二つ、知っているだろうが、ここで表だって彼女《かのじょ》に尋ねるのも不自然すぎる。事前に周辺の町の名前くらいティルに聞いておくべきだったな。

少し前の自分を悔《く》やむが実際そんな暇《ひま》は無かった。質問が単純なだけあって回答の猶予《ゆうよ》は最初から与えられていなかったのだ。それで門番達がアンファングらを〝怪しいヤツ〟と確定するには充分《じゅうぶん》だった。迷うほどでもない質問に答えが返ってこないのだから。

髭の男は腰にぶら下げていた長剣《ちょうけん》を抜《ぬ》き放った。

「お前達……まさか死人《しびと》じゃないだろうな？」

他の門番達も長槍を構え、アンファング達を取り囲む。

この状況《じょうきょう》にティルは静かに控《ひか》える。アンファングの一声さえあれば、いつでも戦闘《せんとう》態勢になれる、まさにそんな状態だ。

リーナはというと、ぷるぷると体を小刻みに震《ふる》わせ怯《おび》えた様子だったが、そんな状態でも彼の前に立ち、庇《かば》うような仕草を見せていた。

吸血鬼や吸血獣に血を吸われて死んだ人間は、徘徊《はいかい》するだけの魂《たましい》の無い抜《ぬ》け殻《がら》――死人となる。いわゆるゾンビというやつである。そして死人は時に人間に噛《か》み付いたり、鋭い爪《つめ》で襲うことがあり、その際に命を落とすような感染症《かんせんしょう》に罹患《りかん》する危険性があるのだ。

死人の特徴として青白い顔、鋭い爪、虚《うつ》ろな目などが挙げられるが……。

「特にお前」

髭の男がティルに切っ先を向ける。

「……!?」

彼女は、よもや自分が指摘《してき》されるとは思ってもみなかったようで、体をピクリとさせた。

――そっちかよ！　確かにティルは魔剣《まけん》であるし、金属っぽい冷たさが青白い肌《はだ》に出てはいるが……。

「そして、お前も実に怪しい」

髭の男の剣先《けんさき》は、次にボロボロの制服を着たリーナに向けられる。

急に振られた彼女は涙目《なみだめ》になりつつも、どうにか平静を保とうと堪《こら》えていた。

――ま、まあ……確かに俺《おれ》でもその格好は怪しいとは思うが……。

「そしてお前」

――お、やっと俺の番か。

「その色白の肌といい、尖《とが》った爪といい、死んだような目といい……実に怪しい」

「いやいや、肌は生まれつきだし、爪は手入れを怠《おこた》っていただけだ。目は……って、それは言いがかりだろ！」

――変化《フェンタグ》の魔力《まりょく》は完璧《かんぺき》だと思うんだが……なんとなく吸血鬼の雰囲気《ふんいき》が残ってるんだよな……。だからといって俺達は死人には見えないだろ。どんな目してるんだ……。

だが彼らが怪しんだのは見た目だけではない。抜け殻故《ゆえ》の性質として〝受け答えが曖昧《あいまい》〟というのがある。門番達は僅かな会話の齟齬《そご》に疑いを持ったのだ。

包囲されたこの状況で、アンファングは考える。

吸血鬼王の力を以《もっ》てすれば、この男達をねじ伏《ふ》せることは簡単だろう。しかし、それは彼が望む結果ではない。人間と争う為にここへ来たわけではないのだから。

──さて、どうしたものか。

最善の方法を導き出そうとしていた時だった。

「これは何の騒《さわ》ぎだ？」

そんな声が門の内側から響《ひび》く。中からゆっくりと現れたのは、一人の青年だった。

「ユリウス」

門番の男達が揃《そろ》ってそう口にした。ただ呼んだだけではない。そこには尊敬の念が込《こ》められていた。

実際、その人物は慕《した》われるに相応《ふさわ》しい容貌《ようぼう》だった。切れ長の双眸《そうぼう》、端整《たんせい》で凛々《りり》しい顔立ち。真《ま》っ直《す》ぐな長い金髪《きんぱつ》をなびかせた立ち姿は、姿勢が良く、引き締《し》まった印象を受ける。

見た目は若く見えるが、年齢《ねんれい》や立場は門番の男達よりも上なのか、彼が場に現れた途端《とたん》、皆《みな》さり気なく遠巻きに捌《は》けて行った。その際、アンファングと話していた髭の男が、彼に耳打ちする。恐らく、事の次第《しだい》を伝えているのだろう。

用件が終わると、彼はアンファング達のもとへと近付いてくる。

「私の名はユリウス・ローゼンベルク。この町専属のヴァ、ヴァンパ、パイア、ア、ハン、ハンター、だ」

──!?

この感覚は二度目だった。

だが彼の場合はリーナの時と違って、本物の風格を兼ね備えている。強い眼差し、体から滲み出る気高さと自信、それは命を賭《か》けたギリギリの戦いを何度もくぐり抜けてきた者だけが放つオーラだ。実際、彼の腰にはヴァンパイアハンターの証ともいえる十字架を模した細身の剣《けん》がぶら下がっている。

――大丈夫だよな……？　勘付《かんづ》かれてないよな……？

落ち着き払《はら》った表向きとは裏腹に内心は焦っていた。そして焦りながらも違和感を覚えた。確かに彼のあの目は戦う者の目だ。だが、ヴァンパイアハンターが持つ独特の圧力《プレッシャー》が伝わってこない。特に聖像結晶機《イコン》から放たれる聖力《ソリス》が全く感じ取れなかった。

――ん……？　ヴァンパイアハンターって、こんなもんだっただろうか……。だが、ヴァンパイアハンターの中には聖力《ソリス》を自在にコントロールすることのできる者もいる。警戒《けいかい》はしておくべきだろうな。

こちらが黙《だま》っていると、ユリウスは一人の人間に対する極普通《ごくふつう》の態度で接してきた。

「旅の者よ。ヴェルクラウツ自警団の者達に失礼があったようだな。私から非礼を詫《わ》びる」

彼は胸に手を置き、小さく頭を下げた。

「いや、そこまでしてもらわなくても。別に気にしてないしな」

「そうか、そう言ってもらえると助かる。助かるついでになんだが、こちらの事情も分かって欲《ほ》しい。この御時世、外からの者に対して町全体がピリピリとしているのだ。だから、お前達の身元だけでもハッキリとさせてもらいたい。それで彼らも安心する」

彼は真っ直ぐにアンファングの瞳《ひとみ》を見据《みす》えてくる。

「いくつか質問をさせてもらうが、いいか？」

――良くない！　良くないが……受けない訳にもいかないだろうな……。

「ああ、構わない」

心の内と全く正反対の態度で答えると、彼が口を開く。

「では率直《そっちょく》に聞こう。お前は何者だ？」

それは、あまりにも漠然《ばくぜん》とした質問だった。

素直《すなお》に答えるならば〝吸血鬼〟、嘘を吐《つ》くなら〝人間〟ということになるが、彼が求めている答えはそういうことではない。少年と少女だけで旅して来た、ただでさえ不審な集団に対して、何をして生計を立てている者なのかを聞いてきているのだ。

アンファングは改めてユリウスの身なりに目をやった。ハンティングの道具が入っていると思《おぼ》しき腰のポーチや、剣などからは重々しい印象を受けるが、服装は特にアーマーなどを身に着けているわけでもなく、至って軽装だ。体格も特に筋肉質であるというわけでもなく、寧《むし》ろ華奢《きゃしゃ》な部類。

――彼のような者が生業にしている訳だから、別に俺達がそうであってもおかしくはないだろう。だが……。

ふと、傍にいるリーナのことが気になる。

彼女が着ている教会の制服。それは本来なら説得力を持たせるアイテムとして役に立つはずのもの。しかし実際は、一見しただけでそれと分からないほどボロボロだ。

こんな草臥《くたび》れた状態のものを見せたら逆に怪しまれる可能性がある。

――わざわざ言わないでおこう。もし突っ込まれたら……その時は何か考えるか。

アンファングは答えを決めた。

「俺達は……ヴァンパイアハンターだ」

そう口にした直後、ユリウスだけでなく、リーナやティルまでもが彼に驚《おどろ》きの視線を送った。

「ほう、同業者か。私はこの界隈《かいわい》で活動しているハンターの顔は、ある程度知っているつもりだが、お前達は見ない顔だな。ということは、かなり遠方の町からやってきたということか？」

「まあ、そんなところだ」

「そういえば、まだ名前を聞いてなかったな。遠方とて、名うてのヴァンパイアハンターなら、私も耳にしたことがあるかもしれない。良ければ教えてくれないだろうか？」

ユリウスの視線は、明らかにアンファングを試《ため》そうとしている目だった。

——さて……と。ここまで〝ご主人様〟で突き通してきたが、さすがにここでそれは意味不明だろう。誤魔化《ごまか》し続けてきた偽名《ぎめい》だが、いよいよ腰を据《す》えて考えなければならなくなった。リーナにすら名前を伝えていない訳だから、口裏を合わせる為にもここらで表の名を決めておいた方がいいのは火を見るより明らか。で、それをどうするかだが……。

「クルス……そう、俺の名はクルスだ」

それは転生中の名前である、来栖《くるす》 涼から取ったものだ。

別世界の名前なら、当《あ》たり障《さわ》りは無いと考えた上での判断だった。

これに対し、ユリウスは渋《しぶ》い顔をしていた。

「クルス……？　聞いたことないな……」

——だよな。

「しかし、十字架《クルス》とはまた……ヴァンパイアハンターになるべくして、なったとでも言うような名前だな」

「父が平和への願いを込めて付けたらしい」

——ただの偶然《ぐうぜん》だけどな。

「ほう」

彼は特に興味の無い、形だけの返事をした。そして、

「話を戻《もど》すが、先ほど遠方から来たと言っていたな？　ということは、この辺りで考えられるのはレバント山脈を越《こ》えた向こう側……アハティスの町くらいか。もしやそこを活動拠点《きょてん》にしているとか？」

それはアンファングにとって聞き慣れない町の名前だった。

――五千年前には無かった町の名前だな……。しかし山脈の名前は変わっていない。あの向こう側は確か……広大な草原が広がっているだけだったな。しかし、レバント山脈は以前から鉱脈の存在が指摘されていた。もし山の裏側で何らかの鉱石が発見された場合、あの草原は町ができるには打って付けの場所ではある。採掘《さいくつ》品の流通経路の面でも王都へと繋《つな》がる街道《かいどう》が比較的近くを通っている。可能性としてそこに新たな町が出来ていてもおかしくはないだろう。不確定要素は残るが……試してみるか。

「ああ、そうだ」

彼が出してきた話に、そのまま乗っかる。だがそれが大きな間違《まちが》いだった。

ユリウスの顔が、一気に疑いの色に染まる。

「おや？　でも、そうするとおかしな事になるな。アハティスの町は百年以上も前に廃墟《はいきょ》

になっていて、今では誰《だれ》も住んでいないはずだが。これはどういう事だろうか？」

彼は勘繰《かんぐ》るような目付きで迫《せま》ってきた。

――……鎌《かま》を掛《か》けやがったな？　だが俺の推測はあながち間違いではなかった。ただ俺の知らないうちに出来て、知らないうちに滅《ほろ》んだだけで……。もう少し頑張《がんば》れよ、アハテイスの町！

アンファングの答えを待つ中、ユリウスは企みに満ちた顔でニヤニヤとしていた。彼は端《はな》からアンファング達を疑ってかかってきていたのだ。死人なのか？　またはそれ以外の外敵なのか？　どこかでボロを出さないかつぶさに窺っている。

そこでアンファングは、彼が先ほど言っていた言葉を思い出す。

ユリウスは自分を紹介する際に、町専属のヴァンパイアハンターだと言っていた。ということは教会には所属していないということだ。教会の人間は一つの町に留《とど》まらず、吸血鬼の脅威《きょうい》に晒《さら》されている土地へ出向くのが常である。

――なら今は教会の人間として、その廃墟周辺の調査に来ているという理由でなんとか誤魔化せるはず。

「すまない、言い方が悪かったな。それは俺達がユリウスのように町専属じゃなくて、教会所属のヴァンパイアハンターだからだ」

ユリウスの反応に期待する。

しかし、アンファングの予想に反して、彼は耳を疑うようなことを口にした。

「教会？　なんだそれは？」

「え……？」

アンファングは思わず絶句した。

――教会の名が通じない……だと？　ヴァンパイアハンターを名乗る者がその名前を知らないはずがない。でも実際に通じてないということは……。

改めてリーナに目を向けると、彼女は困ったような顔をしていた。

ならばとティルを見遣《みや》ると、伝えておくのを忘れたと言わんばかりの申し訳なさそうな表情を浮《う》かべていた。

――む……この状況で考えられる可能性は恐《おそ》らく……教会が存在していないのか！

信じがたいことだが、アンファングが寝ている五千年の間に教会は何らかの理由で歴史から去ってしまったらしい。

――そこまで人類が衰退《すいたい》してしまったということか……。ってことは、リーナが着ているそれは……？

寸秒、彼女の制服に目を向けるが、今はそれを気に留めている場合ではない。

アンファングは平然とした態度でユリウスの瞳を見据える。

「まあ平たく言うと、大体その辺りを中心に活動しているということだ」

「流しのヴァンパイアハンターという訳か。しかし、それでは定期で契約料《けいやくりょう》が支払《しはら》われる専属とは違って、かなり名うてのハンターでなければ声が掛からないだろう？　見た所そういうわけではなさそうだが……。それでは収入的には厳しいのではないか？」

彼は矛盾《むじゅん》がありそうな箇所を積極的に突いてくる。

だが、アンファングは含《ふく》み笑う。

「だからこそ、ご覧の通り」

それ程貧相《ほどひんそう》な身なりではなかったが、アンファングは横に手を広げ、自虐的《じぎゃくてき》に自身の服装を晒して見せた。

「結構、質の良い物に見えるが？」

——そりゃあ吸血鬼王が着てるものだからな。結構どころか、かなり良い物だと思うぞ。

「そうか？　だがこれは古着だ。安くて良い物を見分ける目だけは自信があるからな」

「ほう、目利《めき》きなんだな」

「あんたもな」

「「ふふふ……」」

褒め合うと、冷然とした目付きのまま互《たが》いに笑い合う。

――彼がしつこく食い下がるのもこの町を守る為の使命感からなのだろうが、このままでは腹の探《さぐ》り合《あ》いが続くだけで何も進展しやしない。ここらで少し動いてみるか……。

「率直に聞くが、どうしたら中へ入れてもらえる？」

「それは、お前達《たち》が身元を明らかにした時だ」

「おかしいな、名前も職業も流浪《るろう》の生活であることも伝えたはずだが？　というか、身元など何で証明すればいいんだ？　そもそも他人が誰であるかなど非常に不確かなものだ。それはあんたも一緒《いっしょ》だろ？　ユリウスがユリウスである証明はどこにある？　それどころか、自分が自分であることの証明だってあやふやだ」

「屁理屈《へりくつ》は聞いていない」

「なら、どうする？」

ユリウスはぐっと押《お》し黙り、何かを考えているようだった。

だがしばらくして、とある提案を持ち出してくる。

「手合わせするというのは、どうだ？」

「ほう、その意図は？」

「お前達が本当にヴァンパイアハンターであるならば力の差はあれど、それなりの能力をとする為に必要なのは一瞬で地に伏すであろうし、仮に死人だとしたら私が持つ、この十字剣《クロイッシュヴァート》によって浄化《じょうか》されるだけだ。これほど真偽《しんぎ》を確かめるに打って付けの方法は無いだろう？」

「なるほど、悪くない」

「決まったな」

早速《さっそく》、ユリウスは腰から剣を抜き放った。

それに呼応するように自警団の男達は遠くへと距離《きょり》を取る。

「ご主人様……」

リーナが心配そうに声を掛けてきた。

「大丈夫だ」

そう言ってやると、彼女は一緒にいたティルに促《うなが》され後ろへ下がった。

場に残されたのはアンファングとユリウスだけ。

両者は門前で対峙《たいじ》し、場に緊迫《きんぱく》した空気が流れる。

構えを取った彼。

アンファングも迎《むか》え撃《う》つ態勢を整える……訳ではなく、何か違うことを考えていた。

――あっさり勝てそうではあるが……加減を誤って彼を傷付けてしまうかもしれないか

らな。そもそも、この状況で「勝負しろ」と言われて「はい」と素直に答える現代高校生はそんなにいないと思う。まあ高校生だったのは、ほんの僅《わず》かな時間だったが。ならばここは、あの力を使わせてもらうしかないだろうな……。

それはこの場を丸く収める、相手にとっても、自身にとっても、一番被害《ひがい》の少ない方法。

──魅了《みりょう》の魔眼《まがん》を使う。

アンファングはユリウスの瞳を見据え、眉間《みけん》の辺りに意識を集中させた。

瞳孔《どうこう》の奥《おく》に赤い光が灯《とも》り──かけた時だった。辺りが急に薄暗《うすぐら》くなったのだ。

「ん？」

異変を感じ、すぐさま力の発動を止める。

──雲でも出たのか？　……いや、違う！

上空に気配を感じて見上げると、そこには人間の三倍はあろうかと思われる身《み》の丈《たけ》の巨《きょ》人《じん》が、軽飛行機並みの大きな翼《つばさ》を横に広げ、滞空《たいくう》していた。

「……何だ？」

アンファングは黒陽の眩《まぶ》しさに目を細めながら、その姿を観察する。

ゴツゴツとした岩を思わせる体。人の胴回《どうまわ》りくらいある腕《うで》。石の塊《かたまり》が集まってできたような頭は、どこが顔なのか分からない。それはまるで、ゴーレムに翼が生えたような風体《ふうてい》だった。しかも、それが三体。

するとそこで、自警団の一人が愕然《がくぜん》とした表情で呟く。

「きゅ……吸血獣《じゅう》……」

皆が皆、恐怖《きょうふ》で足が竦《すく》み、ただその場に立ち尽《つ》くす。

——あれも吸血獣なのか？　森の中で見たものとは随分《ずいぶん》見た目が違《ちが》うな。

アンファングが淡々《たんたん》とした態度でそんなことを考えていると、察したティルが傍に寄ってきて、こう説明してくれた。

「あれは猟犬《ヤクトフンド》型の吸血獣です。本能に忠実な野犬《ストイフンド》型と違い、〝吸血鬼の為の食事を捕獲《ほかく》する〟ということを直接、頭に植え付けられた個体です」

「なるほど、この前の吸血獣だと持って帰る前に食っちゃいそうだもんな……」

「猟犬《ヤクトフンド》型は通常、一体で行動しますが……三体も送《おく》り込むということは、それだけ主が強欲《ごうよく》だということでしょう」

そうこうしている内に吸血獣が降下を開始した。

凍《こお》り付いていたようになっていた自警団の男達も我に返り、慌《あわ》てて動き出す。

「もっ、門を閉めろっ！　絶対に中に入れさせるな！」

彼らは町の住人を守る為に走った。だが——、

「どうやら狙《ねら》いは、そっちじゃないみたいだぞ」

　アンファングがそう呟いたと同時に、地面が震えた。

　落下と言えるに等しいほどの激震《げきしん》。土煙《つちけむり》が爆風《ばくふう》となって舞《ま》い上がる。

　超重量《ちょうじゅうりょう》の巨体《きょたい》が三つ、ユリウスを取り囲むように降り立ったのだ。

「ほう……ヴァンパイアハンターの私を餌《えさ》にしようとは、随分と舐《な》められたものだな」

　ユリウスは不敵な笑みを見せた。

　吸血獣は彼の言葉を意に介《かい》することなく巨躯《きょく》を前進させ、そのまま掴《つか》みかかろうと太い腕を伸《の》ばしてくる。それをユリウスは十字剣《クロイッシュヴアート》で受けた。

　すると刃《やいば》に触《ふ》れた体皮がプスプスと煙を上げ、焦《こ》げたような臭《にお》いを撒《ま》き散らす。

　そこへ追撃《ついげき》と言わんばかりに食《く》い込んだ刃を押すように振り抜いた。

　それで吸血獣は体勢を崩し、片膝《かたひざ》を地面に付ける。

　一連の流れを見ていたアンファングは考える。

　――ここは少し見させてもらおう。

　教会が存在していないとはいえ、彼は歴《れっき》としたヴァンパイアハンターだ。しかも、町の人間から尊敬の念を抱《いだ》かれているほどの存在。それなりの技量を持ち合わせているはずである。ならば、現在のヴァンパイアハンターがどの程度の力を持っているのか、今後の為にそれを見極《みきわ》めておきたかったのだ。

片膝を突《つ》いていた吸血獣が、ギギギと牙《きば》を鳴らし立ち上がろうとしている。

——さて、お手並み拝見。

吸血獣にも怒《いか》りの感情はあるのか、体を傷付けられた仕返しとばかりに攻撃《こうげき》を仕掛《しか》けてくる。極太《ごくぶと》の豪腕《ごうわん》を振り上げ、ユリウスに向かって拳《こぶし》を突き出す。だがそれは巨体が故《ゆえ》に酷く鈍重《どんじゅう》なものだった。

——なんだあれは、あんな鈍《にぶ》いパンチじゃ当たりもしないぞ。

「ぐはっ!!」

次の瞬間《しゅんかん》、ユリウスは地面に転がっていた。

拳を剣で受けるも、そのまま体ごと吹《ふ》っ飛ばされたのだ。

——ええぇっ!?

予想外の展開にアンファングは思わず、内心で驚きの声を漏《も》らしてしまっていた。

——……どういうことだ？　相手を油断させる為の作戦か何かか？　いや、そもそもそんな作戦が必要になるほど吸血獣が高等な知能を持っているとは思えないが……。

泥《どろ》だらけになりながらも、ようやく立ち上がろうとしているユリウス。そこへ吸血獣が追い打ちをかける。大上段からのハンマーのような振り下ろし。胴体部《どうたい》が隙《すき》だらけだ。

そこへユリウスが、すかさず切っ先を向ける。

――なるほど、やはり彼は聖力《ソリス》を自在にコントロールできるタイプか。この一瞬に聖像結晶機《イコン》へ力を注《そそ》ぎ込む気だな。

アンファングは期待しながら見守る。

彼は吸血獣をギリギリまで引き付け、ここぞという瞬間に十字剣《クロイッシュヴアート》を薙《な》ぐ。

銀色の残像が空中を舞う。瞬間――、

弾《はじ》ける金属の音と共に、彼の剣がアンファングの足元に転がっていた。

――えええぇっ⁉

アンファングは再び驚嘆《きょうたん》の声を漏らしてしまっていた。

彼の一閃《いっせん》は吸血獣の拳によって、いとも簡単に薙ぎ払われてしまったのだ。

――あのタイミングで力を使わなかった。ということは、まさか……聖像結晶機《イコン》が組《く》み込まれていないのか！

足元に落ちている剣に手をかざしてみても魔を退ける力の胎動《たいどう》のようなものを全く感じない。

――やはりそうか……。ヴァンパイアハンターがこの局面で聖像結晶機《イコン》を使わない理由は無い。吸血鬼と戦う技術さえ失われてしまったのか……。これじゃ劣勢《れっせい》に立たされるのも当然だ。

どれほど文明が衰退してしまったのか、不安を覚えた直後だった。

「くっ……!?　は、離《はな》せ！　この……っ！」

ユリウスの背後にいたもう一体の吸血獣が、隙をついて彼の体を掴み上げたのだ。

彼は巨大な手の中で必死に藻掻《もが》くが、岩のような指は微塵《みじん》も動かず、全くそこから抜け出せる気配は無い。それどころか、吸血獣は翼を大きく広げ、今にも飛び立とうとしていた。黒いコウモリのような翼が羽ばたく度に、風圧で周囲の木々が軋《きし》む音を立てる。

――結局、やるしかないのか。

巨体が地面から浮き上がろうとしていたその時、アンファングは何も口にせずティルに向かって手だけを伸ばした。

「御意《ぎょい》に」

それだけで彼女は理解し、彼《かれ》の手を握《にぎ》り返してくる。

瞬刻《しゅんこく》、ティルの体は青光を帯び、彼の手の中で細身の剣へと変化した。

「さて、どうやるか……」

そう呟《つぶや》いたアンファングの表情は、この状況を楽しんでいるかのようにも見えた。

――まずは力を大幅《おおはば》に絞《しぼ》る。また地面を割ってしまっては大変なことになるからな。人間離《ばな》れし過ぎて怪《あや》しまれるどころか、ユリウスごと吹き飛んでしまいかねないし。あとは魔剣の力も加味して考えると……。

アンファングは意識を集中し、己《おのれ》の体にリミッターを掛ける。

「こんなもんか」

途端、神経が研《と》ぎ澄《す》まされた。力を抑《おさ》えたことで、体に備わる防御《ぼうぎょ》反応から五感が鋭敏《えいびん》になったのだ。特に視覚の向上が顕著《けんちょ》に現れる。お陰《かげ》で、目の前にいる吸血獣の身体構造を視覚的に、且《か》つ、精緻《せいち》に理解することができた。それは体皮の奥に存在する筋組織や、体の隅々《すみずみ》まで伸びる毛細血管の流れに至るまで。それどころか内臓や骨格まで把握《はあく》できそうな勢いだった。形は人間と大きく異なるが、生物としての基本構造は同じ。涼として学んだ医学的知識がこんな所で役に立つ時がきた。

――これなら、上手《うま》くやれそうだ。そんなに力を使わなくても、どの筋肉や骨に沿って切れば相手が壊《こわ》れるかが分かるんだからな。なら、最初にやるべきことは……。

「飛行能力を奪《うば》う！」

アンファングは吸血獣に向かって踏《ふ》み込むと、見えていた筋組織に刃先《はさき》を沿わせるようにして軽く剣を薙いだ。

それだけで、吸血獣の翼だけが空を舞った。

飛び立とうとしていた巨体がズシンと地面を穿《うが》ち、終始無言だった口が裂《さ》けるように開いて痛苦の咆哮《ほうこう》を上げる。

「お次は……この腕！」

擱座《かくざ》している巨体に近付き、縦に一閃。

鮮血《せんけつ》が飛沫《しぶき》を上げる。

丸太よりも太い二の腕から下が、人形のパーツのようにいとも簡単に切り落とされる。

巨腕《きょわん》は地面に転がったと同時に、五本の指を開いてユリウスを解放する。

それは腕を切断した際に、指先へと繋がる神経も一緒に断《た》ち切っていたからこそ、筋肉を弛緩《しかん》させることができたのだ。そうしなければ指先はすぐに硬直《こうちょく》し、彼は救出されても尚《なお》、未《いま》だに吸血獣の手に拘束《こうそく》されたままになっていただろう。

「さあ、残りは？」

目の前の吸血獣を完全に沈黙《ちんもく》させる為《ため》、頭を砕《くだ》くようにはねた後、他の二体へと目を向ける。

「ギギギギ……」

吸血獣は一瞬で敵《かな》わないと悟《さと》ったのか、恐れをなすように後退《あとずさ》った。

「ほう、吸血獣でも恐怖を感じるもんなんだな」

彼は珍《めずら》しいものを見たと言わんばかりの表情を見せる。

——たとえ相手が魔獣《まじゅう》の類いでも、戦意を失った者に止《とど》めを刺《さ》すのは気が向かない。それに、こいつらをここで見逃《みのが》す方が俺にとっては楽な選択《せんたく》だろう。だがそうすることで、どこかの町や村の人間が犠牲《ぎせい》になることを考えたら……多分、殺しておいた方がいい。

「なら、三秒で苦痛無く逝《い》かせてやる」

吸血獣が言葉を理解したかどうかは分からない。

が、それが本能なのだろう。今が自身の命を繋ぐ好機とばかりに翼を羽ばたかせた。

背中を向けて飛び立つ、二体の吸血獣。それを見ながらアンファングの口元が綻《ほころ》ぶ。

「——一！」

声に出した直後、二対の翼がまるで紙切れのように宙に舞った。

飛行能力を削《そ》がれても尚、その足で逃走《とうそう》を計る。

「——二！」

巨体が地面に崩《くず》れ落ちる。辺りに四本の足が転がった。

「————三！」

数えると同時に、吸血獣の額に切っ先が突き立てられ、断末魔《だんまつま》の叫《さけ》びと共に爆砕《ばくさい》する。

その傍《そば》で、もう一体の吸血獣が痛みに悶《もだ》えていた。

「あ、やば……三秒じゃ足りなかったか……」

アンファングは頭を掻《か》きながら、最後の一体にとどめを刺す。

「グゲッ……」

「これで、ゲームオーバー」

突き刺した額から噴水《ふんすい》のように血飛沫《ちしぶき》が噴《ふ》き出す。直後、火薬を仕掛けられた西瓜《すいか》のように赤い肉片《にくへん》を飛び散らせ、頭だけが跡形《あとかた》も無く消し飛んでいた。

アンファングは口元に付いた返り血を舌で舐め取る。

「まっず……」

彼は眉間に皺を寄せ、舐めなければよかったと酷《ひど》く後悔《こうかい》した。

――放った吸血獣が帰ってこないとなれば、これで主には伝わるだろうな。ま、それはさておき……。

事が終わったところで、アンファングは周りの様子がおかしいことに気が付く。

先ほどまでの騒ぎが嘘《うそ》のように、辺りがシンと静まり返っていたのだ。見れば、自警団の男達やユリウスが唖然《あぜん》とした様子で彼のことを見ていた。

それだけでなく、リーナまでもが驚いた顔のままで固まっていた。

アンファングは改めて、周囲を確認《かくにん》する。

そこには土の上に絨毯《じゅうたん》のように敷《し》き詰《つ》められた血溜《ちだ》まりと、吸血獣の死体が転がる惨状《さんじょう》が広がっていた。

「む……？」

確かにそれは彼自身がやったことなのだが、改めて目《ま》の当《あ》たりにすると驚くほど凄惨《せいさん》な光景だった。

——ちょっと……やりすぎてしまったか？　もしかして……引かれてる？

そんな時、静寂《せいじゃく》を破るようにアンファングの脳内に声が響く。

『ご主人様、もう宜《よろ》しいでしょうか？』

それは剣を通して伝わって来る、ティルの声だった。

「おっと……そうだった。戻っていいぞ」

すぐに返答すると、彼女はアンファングの手から離れ、蒼《あお》い光を放散させて人の姿へと戻った。その様子を前にユリウス達は刮目《かつもく》していた。

人が剣の姿になる。それは彼らにとっても珍しいことなのだろう。

アンファングが眠《ねむ》りに就《つ》いてから五千年という月日が経《た》っている。それだけの時間が経っていれば魔剣と吸血鬼王《きゅうけつき》の関係など、人の間で知る者などいないはず。しかし、剣そのものが珍しいものとなると、後々面倒《めんどう》なことになりそうだった。

――だったら、ここはやはり魅了の魔眼を使って口止めしといた方が無難か。ついでに町に入れてもらわないとな。というか、ここにいる一人一人に魔眼を使わなきゃなのか？　それもどうだろう……。取り敢《あ》えず、まずは彼からだな……。

そう思って、一番近くにいたユリウスに魅了の魔眼を使った。だが、

「……」

彼は瞬《まばた》きを繰《く》り返すだけで、まるで力の支配下に置かれている様子が無かった。

――……効いてない？　なぜだ……？

疑問に思っていると、すぐにティルが耳打ちしてくる。

「今、魅了の魔眼をお使いになりましたね？」

「あ……相変わらず、ティルにはすぐバレるんだな……」

「その力は、もうお使いにならなくても大丈夫《だいじょうぶ》かと思います」

「ん？　どうしてだ？」

「つまりは〝事後〟だということです。あの颯爽《さっそう》とした立ち回り、素晴《すば》らしい剣捌《けんさば》き、その壮麗《そうれい》なお姿を目の当たりにしたのですから……無理もありません」

彼女《かのじょ》は一人、納得《なっとく》するように、うんうんと何度も頷《うなず》いていた。

アンファングが腑《ふ》に落ちずにいると、自警団の男達がざわざわとし始め、そのうちに髭《ひげ》

の男が声を上げた。

「あんた、聖剣使いだったんか！」

「……え？」

騒ぎは立ち所に周囲へ伝播《でんぱ》した。

「まさか、聖剣を使うヴァンパイアハンターなんて伝説の中だけの存在かと思ってたよ」

「さすがだぜ、あの猟犬型《ヤクトフンド》をいとも簡単に倒《たお》しちまうんだからな。並みのヴァンパイアハンターだったら一体を相手でも相当手こずるってのによー」

「俺の娘《むすめ》は、あの吸血獣にさらわれたんだ……。恐らく同じ個体だと思う……。娘のことはもう諦《あきら》めているが……仇《かたき》を取ってくれて、ありがとうな」

自警団の男達はアンファングを取り囲み、一斉《いっせい》に賛辞を浴《あ》びせ掛けてきた。

ティルに対しても珍しい物とばかりに皆がまじまじと見詰《みつ》めてくる。

「これが聖剣かあ。普通《ふつう》の人間と変わらない可愛《かわい》いお嬢《じょう》ちゃんだけどなあ」

「すげえなあ。嬢ちゃんもやるなあ」

アンファングと同様に称《たた》えられると、彼女は照れからなのか、下を向いて黙り込んでしまっていた。

「それにしても若い娘の血を好む吸血獣が、とうとうユリウスを狙うとはなあ。見た目さえ良ければ見境が無いってことか」

「失敬な」

ユリウスが髭の男の失言を咎《とが》めると、自警団の間で笑いが巻き起こる。

周囲の盛り上がりは、しばらく続いた。

そんな彼らとの会話の中で聖剣とはなんなのかが知ることができた。

ネーヴェルガルトの果ての大地に《聖魔七剣》と呼ばれる、強大無比な力を持ち、人の姿を取ることができる剣が存在すると言われている。その内訳は聖剣が三、魔剣《まけん》が四であるという。過去に於《お》いて数々のヴァンパイアハンターが吸血鬼を倒す為の力を求めてその地に向かったが、過酷《かこく》すぎる環境故《かんきょうゆえ》、誰一人《だれひとり》として帰還《きかん》する者はおらず、最早《もはや》人々の間では伝説の中だけの存在だと思われていたのだという。

特に聖剣には吸血鬼を退ける力があると言い伝えられており、その使い手が突然《とつぜん》、目の前に現れたのだから、大騒《おおさわ》ぎになってもおかしくはなかった。

――吸血鬼を退ける力を持った剣か……。多分、それは聖像結晶機《イコン》が組み込《こ》まれた武器のことだな。技術が失われたことによって、その力の存在だけが伝説として残ってしまった……という感じか。〝人の姿を取ることができる〟というのは魔剣のことだ。確かに世界の果てには四つの魔剣が存在している。その内の一振《ひとふ》りがティルだ。恐らく五千年もの時の流れの中で二つの話がごちゃ混ぜになってしまったのだろう。それにしても、吸血鬼を打ち倒すべきヴァンパイアハンターが、まさか聖剣ではなく魔剣の方を所持していると は露《つゆ》ほども思わないだろうな……。

そんな聖剣の使い手が突然、目の前に現れたのだから大騒ぎになってもおかしくはない。

「それほどの力を持っているのにも拘《かか》わらず黙っているとは……。私をからかっていたのだな？」

そう言ってきたのはユリウスだった。その表情は不機嫌《ふきげん》なのか、ムッとしている。

「いや、そういう訳では……」

否定しようとした矢先、彼は合点《がてん》がいったとばかりに顔を上げる。

「……そうか！　聖剣使いというだけで、その名は世間に大きく知れ渡《わた》るはず。なのにも拘わらず私はクルスというヴァンパイアハンターの名前を知らない。ということは何か事情があって今まで隠《かく》し通してきたのだな？　すまない……それを私を助ける為に公にさせてしまって……」

――いや全然、違うんだが。でも、この際合わせるけども……。

「い……いや、そろそろ隠し通すのも限界かなと思っていたところだから、気にしないでくれ」

「そうか、そう言ってくれると助かる。ところで……」

「ん？」

「クルス殿《どの》が聖剣使いのヴァンパイアハンター、そしてそちらがその聖剣であることは分かったが……彼女は？」

ユリウスがそっと視線を向けた先は、アンファングの真横。

そこには、いつの間にか寄り添《そ》うように立つリーナの姿があったのだ。

どうやら戦闘《せんとう》を終えたアンファングを心配して、慌てて駆《か》け寄ってきたらしい。

「えっと、彼女は……」

ユリウスが疑問に思うのも当然だった。見るからにひ弱そうな体、ボロボロの衣服。アンファングとティルの二人と比べると場違《ばち》い感が半端《はんぱ》無い。

そんな彼女が、憂いげな表情で寄り添っているともなれば無視することのほうが難しい。

――さて、どう紹介《しょうかい》するか……。ヴァンパイアハンターと言い張るには無理がありすぎるし……。それにこの状況《じょうきょう》……。

今一度、自分の隣《となり》に目を向けると気遣《きづか》わしげな顔がそこにある。

――こんな状態から考えられる違和感《いわかん》の無い関係と言ったらなんだろうか？　兄妹《きょうだい》では無さそうだし、普通に考えたら恋人《こいびと》というのがしっくりくる……。だが……やはり、アレ

「ええっと……彼女は俺《おれ》の助手であり……そして…………嫁だ」

にするしかないか……。

「えっ……」

ユリウスは思ってもみなかったようで驚きの声を上げていた。

リーナも一瞬だけ目を丸くしていたが、すぐに頬《ほお》を染めて俯《うつむ》く。

——……そうなるよな。

だが、ネーヴェルガルトの文化風習が昔と変わっていなければ、それは然程《さほど》おかしなことではない。早い者なら十五、六で婚姻《こんいん》を結ぶ者もいるからだ。

先刻、リーナに吸血鬼王に会ってどうするのかと尋《たず》ねたことがある。

その際に彼女は〝お嫁さん〟にと答えた。アンファングの頭の中にはその時のことがあったので、それを理由とする一助になっていた。

「なるほど……そうなのか？　しかし、その格好はどうしたのだ……？」

彼はとりあえず折り合いをつけつつ、リーナが着ているボロボロの服を指摘《してき》する。

——早速、突っ込まれたか。道中、吸血鬼との戦闘に巻き込まれて……という言い訳では不自然な感じがする。何しろ、そんな状態なのは彼女だけなんだからな。となると……。

「彼女は非常に物を大切にする人間で、なんでも最後の最後まで使い切らないと気が済まない性分《しょうぶん》なのだ。しかし、さすがにそろそろ替《か》え時《どき》かと思っていたところでね。この町でどこか服を手に入れられる場所があったら教えて欲《ほ》しいのだが」

「ほう、そういった事情か。だが、残念ながらこの町にはそういった店が無くてな……」

「なるほど」

「役に立てず申し訳無い」

「いや、その気持ちだけで充分《じゅうぶん》だ」

ユリウスは本当にすまなそうにしていた。幸い彼はそれ以上、疑う様子は無かった。それには聖剣使いという肩書《かたが》きが効いているのも確か。

――このまま行けそうだな。

そう思った矢先、ユリウスはコホンと一つ、咳払《せきばら》いをする。

「その……先ほどは、すまなかった。助けてもらったことに対して礼を言わせて頂く」

決まりが悪そうに呟く。そして、

「では、改めて」

それだけでユリウスはすぐに凛《りん》とした姿を取り戻し、アンファング達に向かって両手を広げてみせる。

「そなた達を歓迎《かんげい》しよう。我《わ》が町《まち》、ヴェルクラウツへ、ようこそ」

【第三章】執刀《しっとう》

そこは廃墟と言ってもおかしくない場所だった。

ヴェルクラウツの町へと招き入れられたアンファング達は、石壁《いしかべ》の内側に広がる町の景色に眉《まゆ》を顰《ひそ》めた。メインストリートと思《おぼ》しき石畳《いしだたみ》の隙間《すきま》からは雑草が繁茂《はんも》し、その両側に立ち並ぶ建物は皆《みな》、屋根が抜《ぬ》け落ちてしまったような廃屋《はいおく》しか見当たらない。

通り一本奥に入ったとしてもやはり状況は同じで、細い路地が瓦礫《がれき》に埋《う》まっているだけ。礎《いしずえ》しか残っていないような家ばかりが並ぶ。中には蔦《つた》や草に覆《おお》われ、完全に自然に還《かえ》ってしまっている場所もあった。金槌《かなづち》を叩《たた》く音が表通りにまで響《ひび》いていたかつての職人街も、その面影《おもかげ》は今やどこにも見当たらない。

ある場所では剣《けん》を鍛錬《たんれん》していたと思しき炉《ろ》がネズミの住処《すみか》となり、またある場所では赤く錆《さ》び付いた職人道具が、まるで紅葉した落ち葉のように地面を埋め尽くしている。

最早この場所の住人は人間ではなく、小動物や草花の類《たぐ》いになっていた。

だからといってユリウス達は廃墟を懸命《けんめい》に守っていたわけではない。

そんな場所でも中心部まで進むと低い十字架《じゅうじか》の柵《さく》が設けられていて、その内側に小さな町が存在していた。

人口、僅か千五百人。五千年前までは数万人が住む町だったこの場所も、今では村程度の規模に成り下がってしまっていた。表に人通りは無く、無論、商店のようなものも見当たらない。建ち並ぶ家々は、ほとんどが主のいない空き家ばかり。しかし、その合間にポツリポツリとだが、手入れが為《な》されている家屋があり、確かにそこで人が生活を営んでいることが分かる。

かつてこの町の統制を取っていたのは王都から派遣《はけん》された役人である。しかし、その姿は今は無く、住民を取りまとめる町長が統率《とうそつ》の役割を担《にな》っていた。

そしてアンファング達は今、その町長宅へと向かっていた。この町にしばらく滞在《たいざい》したいという旨《むね》をユリウスに告げると、彼が町長の家を紹介してくれたのだ。

ヴェルクラウツには宿らしい宿が存在しておらず、旅人は民家を間借りすることがほとんどだという。民泊《みんぱく》というやつである。彼が言うには町を救ってくれた英雄《えいゆう》ともなれば、喜んで受け入れてくれるだろうということだった。

しばらく行くと、やや大きめの建物が見えてくる。この町では一般的《いっぱんてき》な石造りの家だ。見た目は他の家々と然程変わらなかったが、敷地《しきち》がやや広くとってあり、小さな離れの存在を確認できた。そこが町長の家なのだろう。案内してくれていたユリウスが先に中へと入り、事情を説明する。

するとほ程《ほど》なくして彼らの前に髭を蓄《たくわ》えた壮年《そうねん》の男が現れた。

垂れ下がった目元や、穏《おだ》やかな顔立ちは見るからに温厚《おんこう》そうな人物に映る。

「これはこれは、話は伺《うかが》いました。私はこのヴェルクラウツの町長、ゲラルトと申します。さあ、どうぞ、どうぞ中へ」

ここで門前での吸血獣騒動《じゅうそうどう》について後処理があるというユリウスと別れ、アンファング達は促されるように居間へと通された。

そこには大きな暖炉《だんろ》とテーブルが鎮座《ちんざ》しており、落ち着きのある佇《たたず》まいであったが、見るもの全てが年季の入ったものばかりで、そこに裕福《ゆうふく》さは感じられなかった。

アンファング達を招き入れるや否《いな》や、ゲラルトは感慨深《かんがいぶか》い表情を見せた。

「この度は民を吸血獣の脅威《きょうい》から救っていただき、ありがとうございました。町長として改めてお礼を言わせて下さい」

「いや、あれは成り行き……じゃなくて、ヴァンパイアハンターとしての使命を果たしただけのこと……」

「そうですか、さすがは聞きしに勝る謙虚《けんきょ》な御方《おかた》だ」

「……」

なんと答えていいのか返答に困る。

「何もない所ですが、こんな場所で宜しければ、いつまでも滞在していただいて構いませんので」

「ああ、助かる」

そこで図《はか》らずも僅かな間が空くと――ふとゲラルトはこう口にした。

「酷い有様でしょう」

それが町の状況のことを言っているのだと、すぐに分かった。

「若い者達は、ほとんどが吸血鬼の餌食《えじき》になり、年寄りばかりになってしまいました。二十より下の者達は、もう僅かな人数しか残っておりません。その者達も吸血獣の襲撃《しゅうげき》に備え、守りを固める作業が優先になってしまい、町を修復しようにも手が回らない。加えて西の王都から全くと言っていいほど物が流れてこないので、自給自足に等しい生活を強《し》いられております。その為、明日の食べ物を得る為の農作業に時間を費《つい》やさなくてはならない……。何をするにも人手が足りていない状況でして……。次代に何かを繋《つな》ぐという情景が何も見えないのです。この町が無くなるのも……」

そのタイミングで意味ありげにアンファングと目線を合わせる。

「もう時間の問題かと……」

「……」

確かに、このままではこの町はいずれ滅《ほろ》びてしまうだろう。

その原因は言わずもがな、吸血鬼。

そこで彼が言っていたことが気に掛《か》かる。

「今、ほとんどが吸血鬼の餌食に……と言っていたが、この辺りに吸血鬼の根城があるのか？」

「根城……ですか？　いえ、私共ではそこまでのことは分かりません。ですが、吸血獣を差し向けてくるのは同一の吸血鬼です」

「なぜそれが分かる」

「それは……」

一瞬、言い淀《よど》む。が、何かが彼の中で切り替わったような気がした。

「吸血鬼は滅多《めった》に人の前には現れない。その代わり人間の血を得る為に猟犬《ヤクトフンド》型の吸血獣を送ってくることはご存じかと思います。そして、それは一般的に一体であることが多い。しかし、この町に現れる猟犬《ヤクトフンド》型は必ず三体と決まっていまして、逆にそうでなかった時が無い。通常一人の人間の血を飲み干せば数週間は血を欲さないと聞きますから余程強欲《よほどごうよく》か、または他の何かか……。とにかくそこに強い意志を感じるのです」

「なるほどな。他にその吸血鬼について何か知っている情報はあるだろうか？」

「知ってどうするので？」

「ん？」

急に勿体《もったい》ぶるような素振《そぶ》りを見せる彼に違和感を覚える。

「ヴァンパイアハンターとして、できるだけ吸血鬼の情報を仕入れておきたいと考えるのは普通だと思うが？」

「はは、そうでしたな。これは失礼」

ゲラルトは、わざとらしく笑って見せる。

――これは、あれだな……。俺達《おれたち》が吸血鬼に対して、どういったスタンスでいるヴァンパイアハンターなのか試《ため》しているのか。

ヴァンパイアハンターといっても千差万別《せんさばんべつ》だ。教会に所属し、人々の為にという正義心から戦う者もいれば、自分にとって損しかない勝負には挑《いど》まない者もいる。それ以外にも様々な理由で戦っている者がいる。何にせよ、彼がそんなことをする理由は、アンファング達にできるだけこの町に留《とど》まってもらい、町を守って欲しいからだ。

それは町をまとめる長《おさ》として当然の行為《こうい》でもある。

「私が他に知っているのは、その吸血鬼がディートヘルムという名の貴族であるということだけです」

「貴族……」

「はい、我々人類が到底《とうてい》敵《かな》うことのない存在。たとえそれがヴァンパイアハンターであったとしても……」

そこまで口にしたところでゲラルトは失言だと気付く。

「失礼しました……」

「いや」

短く受け答えしながら、アンファングは別のことを考えていた。

――ディートヘルム……。そんな名前の貴族は直系十七鬼《き》の中にいないぞ。それに貴族の序列が入れ替わるなんてことは有り得ない。そいつ……何者?

思考を巡《めぐ》らせていた最中、ふと傍にいたリーナの様子がおかしいことに気が付く。見れば彼女は、何かに怯《おび》えるように青ざめた顔をしていた。だが、アンファングの視線に気付くとハッとしたように表情を取り繕《つくろ》い、淡《あわ》い笑《え》顔《がお》を見せる。

「……」

彼女の反応に違和感を覚えていると、ゲラルトが話しかけてくる。

「それはそうと……皆さん、お腹《なか》は空《す》いておられませんか？　充分なおもてなしは出来ませんが、そろそろ夕食時ですので、お食事を御用意《ごようい》したいと思っております。いかがでしょう？」

「是非《ぜひ》に……と言いたいところだが、その前に一つ頼《たの》みたいことがある」

「はて、なんでしょう？」

アンファングはすぐ後ろにいたリーナに目を向ける。言うまでもなく、そこにあるのは見るからにみすぼらしい格好をした少女の姿。ゲラルトはそれだけで察したようだった。

「おっと、そうでした。それでしたらユリウスから事情を聞いております。娘のもので宜しければ、すぐに御用意いたしましょう」

「それは助かる」

言った直後、アンファングのマントを遠慮《えんりょ》がちに引っ張るものがある。

振《ふ》り返ると、リーナが不安げな表情を向けてきていた。

「どうした？」

「私……このままでいい……」

その声は弱々しいながらも、頑《かたく》なに譲《ゆず》らないといった意志の強さが窺《うかが》えた。

「いや、いくらなんでも……そのままという訳にはいかないだろ」

「あなたはご主人様にとって特別な品ですからね。あまりみすぼらしい格好は相応《ふさわ》しくありませんよ？」

ティルも、ややズレてはいるものの大枠《おおわく》で同意見のようだった。

だが、リーナは首を横に振る。

「……じゃあ聞くが、その服に拘《こだわ》る理由はなんだ？」

「これは……その……母の形見……だから」

アンファングは目を細めた。

「何か勘違《かんちが》いしてないか？」

「……え？」

「別に俺はその服を処分しろと言ってる訳じゃないんだぞ？」

「そう……なの？」

てっきり捨てられてしまうのではないかと思っていたようで、目を丸くしていた。

「当たり前だろ。人の物を勝手に捨てたりはしない」

「私の……物」

なぜだか彼女はその言葉に引っ掛かる。

「じゃあ……燃やして、灰にして……畑の肥料に……とかは？」

「するわけないだろ。というか、ただ捨てるより酷いことになってるじゃないか」

「じゃあ……細かく千切って、魔獣の餌《えさ》に……とかは？」

「だから、そんなことはしないって。そもそも、魔獣はそんなの食べないだろ。それに、やり方が余計に陰湿《いんしつ》になってるじゃないか」

「じゃ……じゃあ……売《う》り払《はら》ったりとかは？」

「しない」

「……本当に？」

「ああ、本当だ。というか、俺がそんなことをすると思うか？」

「ううんっ」

彼女は勢いよく首を横に振った。

――そこに疑問を持つってことは……これまで、そんなことでさえ自分の意志で自由に出来ない環境《かんきょう》にいたってことだろうな。

「もし、誰《だれ》かがそんなことをしようとしても俺が止める」

「……うん」

「それに、そんなに大事な物なら、これ以上ボロボロにならないよう、きちんと保存しといた方がいいんじゃないか？」

「それは……そうかも」

それで彼女は納得したのか、安堵《あんど》の表情を見せた。

間を見計らっていたゲラルトはそこで口を開く。

「宜しい……ですかな？」

「ああ」

「では、私が着替《きが》えをお手伝いするわけには参りませんので、クルス殿にそれをお願いしたいのですが……」

「……っ⁉　お、俺が⁇」

「何か問題がおありでしょうか？」

「問題というか……そういうのは色々とまずいのではないかと……」

ゲラルトは数瞬考えたが、すぐに思い至ったようで、

「なるほど。いけませんなあ……年を取ると純真さというものを忘れてしまう。親しき仲にも礼節と無垢《むく》な気持ちは、いつまでも持ち続けたいものですな」

「え……あ、ああ、まあそんなところだ」

――どうやら俺達が夫婦《ふうふ》であるという情報は既《すで》に伝わっているようだ。そして夫婦ならば、そういうことも普通に有り得るということが頭に無かった。そもそも、そういった観

念は涼《りょう》しか持ち合わせていないし、その涼もそんな経験があるわけじゃないからな……。

「では、お願いできますかな？」

ゲラルトは言いながらティルに視線を向けた。

「わ、わたくしが……ですか？」

予期せぬ依頼《いらい》に戸惑《とまど》う彼女。だがアンファングが、すぐに言葉を添える。

「頼めるか？」

「勿論《もちろん》です！」

ティルは昂然《こうぜん》と答えると、リーナと共に別室へと向かった。

案内をする為にゲラルトもこの場から消え、居間に残されたのはアンファングだけになっていた。

彼らを待っている間、手持《ても》ち無沙汰《ぶさた》だったアンファングは室内を見て回る。すると、居間の隣に小さな続き部屋があることに気が付く。特に扉《とびら》が無かったという理由も大きいが、単純に興味が湧《わ》いたアンファングは少し逡巡《しゅんじゅん》して、その小部屋に足を踏み入れる。

ふと、古い紙の匂《にお》いが鼻腔《びこう》をくすぐる。そこは書庫だった。

僅《わず》か四畳《じょう》ほどの小部屋に天井《てんじょう》までの書棚《しょだな》が三つ置かれており、中には黄ばんだ本がぎっちりと詰まっていた。だが、本の上に埃《ほこり》などは一切《いっさい》無く、整然と並べられていて大切に扱《あつか》われてるのが見てすぐに分かる。

――こいつは……。

ざっと背表紙を見ただけでもネーヴェルガルトの知識や、人間と吸血鬼の歴史を綴《つづ》った書物が何冊も並んでいるのが分かる。しかしその大半は技術系の本で、中でも魔獣素材の加工についてのものが多くを占《し》めていた。

――これがここに並んでいるということは、職人の町が完全に失われた訳ではない……ということか？

試しに一冊、手に取ってみる。

「ん……」

本が指先に触《ふ》れるや否や、極微量《ごくびりょう》ではあるが力の流れを感じる。

――これは……聖力《ソリス》が付与《ふよ》されてるのか？

革張《かわば》りの表紙は所々がひび割れていたり、毛羽立っていて相当古い物のようだった。決して保存状態が良いとは言えないが、本自体はしっかりとしている。

――効果が消えかかってはいるが、この聖力《ソリス》のお陰《かげ》で経年劣化《れっか》を遅《おく》らせているといった感じか。

早速《さっそく》、中を開いてみる。紙面に汚《よご》れや破れは無く、読むには差し支《つか》えない状態。書かれていたのは魔獣の牙《きば》を利用した髪飾《かみかざ》りやイヤリングなど、アクセサリー類の加工方法だった。中には涼の世界で言うところのヘアビーズに似たものまである。昔はこういった工芸品も広く流通し、町を豊かにする一助になっていたのだろう。だが今や、それも見る影《かげ》も無い。それはもちろん、需要《じゆよう》の問題や人手が足りていないということもあるだろう。しかし、一番の原因は聖像結晶機《イコン》を失っていることだ。それが無ければ、人は内在する聖力《ソリス》を行使することができない。

この本もそうだが、町の周囲に築かれている石壁にしても聖力《ソリス》が付与されていることによって通常の物質よりも長期にわたって保存ができている。聖力《ソリス》は吸血鬼を退ける力でありながら、人類を強く豊かにするもの。それが失われれば途端《とたん》に衰退《すいたい》してゆくのも必然だ。

本来、聖力《ソリス》というものは選ばれた人間しか持ち合わせていない。

そう、ヴァンパイアハンターだ。彼《かれ》らが聖像結晶機《イコン》を搭載《とうさい》した武器を使えば、その武器の性能や自身の身体能力を向上させたり、他者へ聖力《ソリス》を付与したりと、まるで魔法《まほう》の杖《つえ》のような役割を果たしてくれる。はたまた聖力《ソリス》を結晶化《けつしようか》させれば、エネルギーとしての貯蔵も可能だ。そういう意味で聖像結晶機《イコン》とは、内在する聖力《ソリス》を実際に使う為の言わばエネルギー変換器《へんかんき》と呼べるだろう。

――しかし、なぜ人類は聖像結晶機《イコン》を失ってしまったのだろうか。それがあれば、ここまで文明が退化することもないはず。人間が自ら手放すとは考え難《にく》い。ということは意図的に人類から聖像結晶機《イコン》を奪《うば》った者がいるということだ。そんなことをして誰が得をするのか？　そいつは考えるまでもなく、吸血鬼だろう。そうやってヴァンパイアハンターから力を削《そ》ぎ、そして人類からも真綿で首を絞《し》めるように力を奪った……という流れだろうか……？

アンファングは本を閉じ、今一度、書棚を見回す。と、そこへ、

「おや？　それに興味がおありですかな？」

リーナ達を案内し終えたゲラルトが一人で戻《もど》ってきて、書庫にいる彼を見つける。

「勝手に触《さわ》ってしまったが」

「いえいえ、構いませんよ」

「ここにある本はどういったものなのだ？」

それとなく尋ねてみる。

「はあ、どれぐらい古い物か正確な年代は定かではないのですが、大昔にこの町が栄えていた頃《ころ》に培《つちか》われてきた文化や技術が記されているらしいのです。ですが、中身は見たこともない文字で綴られていて、我々には全く理解できない状態でして……」

「……」

アンファングは顔には出さなかったが、内心で絶句していた。

――まさか……本がどうこう以前に昔の文字が読めなくなっているとは……。いや、言語体系は一緒《いっしょ》かもしれないが、五千年も経っていれば言葉が変化するのも当然か。涼の世界でたとえるなら古文や漢文より面倒臭《めんどうくさ》いことになってるってことだろうし。

「そんな本が、どうしてここに？」

「ええ、これらは全て私の先祖から引き継《つ》がれてきたものでございまして。この本は町にとって大切な資産であるから、必ず後世に残すようにと私共の家系で脈々と受け継がれてきているのです。実はまだ離《はな》れの方にも幾《いく》つか保存してある物があるのですが正直、持て余している状態でして……」

「そうなのか……」

――町長は扱いに困っているようだが、使いようによっては相当な宝の山なんだがな。

過去の遺産に興味を持ち始めた時だった。

居間の扉が開かれる音がした。彼女達《かのじょたち》が着替えを終えて戻ってきたのだ。

ティルに続いて現れた、リーナ。その姿を見るや、アンファングは思わず目を留めた。

「む……」

身に着けた服が彼女にとても似合っていたからだ。

前が紐締《ひもじ》めになっている胴衣《どうい》、深い襟《えり》ぐりのブラウス、そして緋色《ひいろ》のスカートと、それに合う白の前掛《まえか》け。それらは涼がいた世界でいう、ディアンドルのような服だった。

出会った時も、その端整《たんせい》な顔立ちに目を奪われたが、こうして服装まで整えると彼女の可憐《かれん》さが引き立ったように見える。

ティルがやってくれたのだろうか、髪《かみ》の毛《け》も丁寧《ていねい》に櫛《くし》が通され、灰髪に艶《つや》が窺えた。

リーナはそんな自分をまじまじと見られることに耐《た》えられないのか、終始照《て》れ臭《くさ》そうにしていた。

――こんな時、どう言ってやればいいのだろうか……。

吸血鬼王としては勿論のこと、涼としてもこんな経験は無かったので上手《うま》い言葉が思い付かない。

――「似合ってるぞ」っていうのは普通すぎるしな……。「可愛いね」というのも軽すぎるし吸血鬼王としての品格が疑われる。いや、そもそも身分はバレていないのだから、それでも構わないのか？　いやいや、俺自身が納得いかないのだから、それも駄目《だめ》だ。となると……。

「人形みたいだな」

「え……」

　不意に口を突《つ》いて出たのはそんな言葉だった。

　──何を言ってるんだ俺は！　「人形みたいに可愛い」と言いたかったのに、これじゃまるで「感情の無い木偶《でく》人形みたいだな」と言ってるようにしか聞こえないじゃないか。

　実際、彼女もどう反応していいのか分からずに呆然《ぼうぜん》としてしまっている。

　アンファングが何かもっと気の利《き》く言葉はないかと探していると、二人のやり取りを見ていたゲラルトが口を開く。

「初々《ういうい》しいですなあ」

「？」

「お二人を見ていると、私も妻と過ごした若かりし頃を思い出します。ですが素直《すなお》な気持ちを伝えるのは、年齢《ねんれい》に関係無く難しいものですなあ」

　ゲラルトはアンファングに対して意味深な視線を送ってくる。

「クルス殿はリーナ殿に対して、『お人形さんのように可愛らしい』と、こう言いたいのだと思います。ですよね？」

「ん……ま、まあ、そんなところだ……」

　──改めて他人の口からはっきりと言われると、めちゃくちゃ恥《は》ずかしいじゃないか！

　これを聞いたリーナはというと、

「わ……私が……か、かわいい……!?」

その言葉が素直に信じられないといった様子で戸惑っていたが、アンファングと視線が合わさると、見る見るうちに顔が溶《と》け出した溶岩《ようがん》のように真っ赤に染まってゆく。

「それだけリーナ殿を大切に思われているということですよ。ですよね？　クルス殿」

勝手に人の気持ちを代弁するゲラルトにアンファングはもう「あ……ああ」としか答えられなかった。

「大切に……されてる……私が？」

リーナは、彼女《かのじょ》の人生で一度も言われたことがない言葉に困惑《こんわく》していた。

だが、その言葉を小声で繰《く》り返すうちに自然と口元が綻《ほころ》び始める。

何かを確かめるように、着ている服の胸元《むなもと》にそっと手を置く。

すると彼女は、モジモジとしながらアンファングのことを上目《うわめ》遣《づか》いで窺った。

「あ、あの……ありがと……」

「ああ……」

森で出会って以降、彼女の口から出るお礼の言葉はもう何回も聞いている。

だがここまで緊張《きんちょう》と気恥《きは》ずかしさが織り交ざったものは、アンファングにとって初めてのことだった。

さい」

「お気《き》に召《め》したようでなによりです。その服は差し上げますので、どうぞ使ってやって下さい」

二人の様子を見守っていたゲラルトが言う。

「いいのか？　これは娘《むすめ》さんのものでは？　しかも新しい物のようだが」

「ええ、確かにそうですが、もうその服に娘が袖《そで》を通すこともありませんので……」

「……」

その一言が何を意味しているのか、アンファングはすぐに察した。

彼が何かを言う前に、ゲラルトの方から口を開く。

「ですから、誰かに着てもらったほうが、その服も役目をまっとうできると思います」

彼は優《やさ》しく穏やかな眼差《まなざ》しをリーナに向ける。と、何かを思い立ち、

「……おっと、そうでした。すぐにお食事をご用意いたしますね」

そう言ってきたゲラルトの顔は、初めて顔を合わせた時と同じ、にこやかなものだった。

† † †

「似たような料理ばかりで申し訳無い」

料理が並べられるや開口一番、ゲラルトは謝《あやま》った。

居間にあるテーブルには、彼の分を含《ふく》め、きっちり四人前の料理が載《の》せられていた。量は少なめで、調理の仕方もあまり手の込《こ》んだものではない素朴《そぼく》なもの。その彩《いろど》りは地味ではあるが、香りは食欲をそそる。ゲラルトが〝似たような〟と言った理由は席に着いてじっくりと見回すと、その訳が見えてくる。

まず目に付くのは硬《かた》めに焼かれた無発酵《はっこう》パン。そして、それと同様の生地《きじ》を薄《うす》く伸《の》ばし、そこへケプルの実で作ったソースを塗《ぬ》って焼いたピザのようなもの。他には、これまた同様の生地に芋《いも》を混ぜて茹《ゆ》で、スープに浮《う》かべたニョッキに似た料理や、野菜と穀物を一緒に蒸《む》し上げたクスクスのようなものがあった。

それらの料理について共通して言えることは、全てが小麦と芋が主体の料理であるということ。その辺りに、この町の食糧《しょくりょう》事情が窺える。

「人手不足や流通の問題もありますが、この辺りは吸血獣《じゅう》に荒《あ》らされたりして作物の生育も良くなく、あまり多くの種類は収穫《しゅうかく》が望めないのが現状です。それ故《ゆえ》、栽培《さいばい》が簡単な作物ばかりになってしまいまして」

ゲラルトは心底すまなそうに言った。

彼の言う通り、小麦や芋は比較的《ひかくてき》容易に栽培できる作物の一つである。然程、水も必要とせず、丈夫《じょうぶ》。黒陽が天に掲《かか》げられた時から日照が弱まり、幾多《いくた》の植物が淘汰《とうた》されてきたが、その中で進化を遂《と》げ、更《さら》に強い種として生き残っているものもある。

「幸い、近くに塩湖がございまして、塩に関しては心配無いというのが唯一《ゆいいつ》の救いですが」

「いや、これでも充分、豪勢《ごうせい》な料理だと思うが」

「そう言って下さると私も救われます」

ゲラルトは、ほっとした笑顔を見せ、腰《こし》に巻いていたエプロンを外して席に着く。

——ってか、あんたがこれ全部作ったのかよ！　他に人の気配は無いし、彼以外、作る者はいないってのは分かっていたが、この器用さは意外だな……。

「話が長くなりましたな。さあさあ、どうぞ手を付けてください」

勧《すす》められて、アンファングは木製のスプーンを手に取る。

すると、右隣《みぎどなり》に座《すわ》っていたティルの様子が、ふと目に入ってきた。

彼女はテーブルに視線を落としたまま不動の姿勢だったのだ。

「食べないのか？」

気になって尋ねてみる。

「ご主人様より先に手をつけるわけには参りません」

「なんだ、そんなことか。俺《おれ》は構わないよ」

「それに……」

彼女は一瞬《いっしゅん》だけ言い淀むと、テーブルの下でアンファングの膝《ひざ》にそっと手を置き、念波を送ってくる。

『わたくしは魔剣故《まけんゆえ》、そもそも食事を必要としない体ですから……』

『そういえばそうだったな。しかし、全く駄目なのか？』

『口に入れることは可能ですが、内部で物理的に消滅《しょうめつ》するのみですので、人間の言う栄養というものにはなりません。ですから、これまでこういったものを口にしたことは……』

『だったら、試しに食べてみればいいじゃないか』

『えっ……』

『口に入れられるだけでもラッキーだろ』

『ラ……ラキラキ……??』

『しかも試したことが無いっていうのなら、もしかしたら結構イケるかもしれないし。この機会に挑戦《ちょうせん》してみる価値はあると思うが？』

『は、はあ……』

主に言われて彼女は、パンをほんの一欠片《ひとかけら》ほど千切り、恐《おそ》る恐る口元へ持って行く。

そのまま思い切ってパクリと噛《か》み付いた途端、

「……！」

ティルは目を見開いた。

「お……おいしい……美味《おい》しいです！　これ！」

「そうか、それは良かった」

「人間の作るものが、これほど美味しいものとは……わたくし、知りませんでした」

彼女の中で食の大革命が起こったらしく、体を揺《ゆ》らし感動に打ち震《ふる》えている様子だった。

本当に美味しかったのか、彼女はアンファングが勧めるまでもなく他の料理にも手を付け始めていた。それは、彼にとっても喜ばしい光景だった。

一方、左隣《ひだりどなり》にいたリーナだが、彼女もまた料理を目の前にし、全く動く気配がなかった。

だがこちらは、食べたことがないという理由ではなく、眼前に並べられた色とりどりの料理に圧倒《あっとう》されているといった表現が正しい。

その様子を横目で見ていたティルが、ふと意想外の行動に出た。

何を思ったのか、幾つかの料理を小皿に取り分け、リーナの前に置いてあげたのだ。

「はいこれ、あなたも食べた方がいいですよ」

「えっ……あ、ありがとう……」

思いも寄らぬ行為に、きょとんとするリーナ。対してティルは優しく微笑《ほほえ》みかける。

「いえいえ礼には及《およ》びません。リーナにはご主人様のお食事として、ぶくぶくと肥えて頂かないといけませんからね。たくさん食べて下さい」

——そんな理由かよ！

ティルの言うことはともかく、

「食べてみたらどうだ？　美味しいらしいぞ」

「これを……食べていいの？　私が……？」

その言い方は、目の前の料理が自分に与《あた》えられたものだと本気で思っていない様子。これまでの彼女の食生活を思い返すと、その反応も少なからず納得《なっとく》できる。

——森の中で木の実や野草を食べて過ごしてきた人間の前に突然《とつぜん》、こんな手の込んだ料理が出されたら、そうもなるか……。

それに彼女の場合、森での生活以前の状況《じょうきょう》も良いものだとは思えない。足枷《あしかせ》を嵌《は》められ、奴隷《どれい》同然の扱いを受けてきたのだとすれば、その食生活の程度も大体想像できる。

「もちろん、食べていいんだぞ」

「……」

言ってやるとリーナは戸惑いを見せる。

「でも……」

「どうした？　もしかして食べ方が分からないとか？」

「ううん……そういうわけじゃないけど……手が震えてしまって……」

リーナの手は、テーブルに置かれているスプーンの前で止まってしまっていた。

「そうか、なら仕方が無いな」

アンファングは迷うことなく、そのスプーンを手に取り、手始めに間近にあったスープからニョッキ擬《もど》きを一つ掬《すく》うと、そのままリーナの口元へ持って行く。

「ほら、これなら食べられるだろ？」

「えっ……」

すると彼女は、どういうわけだか耳の先まで赤くして、動揺《どうよう》の色を濃《こ》くするだけだった。

「遠慮するな」

――とは言っても俺が作ったわけじゃないが。

「でも……あの……」

本格的に困り果てた様子。

その反応でアンファングは、ようやく自分がしていることに気が付く。

――……ん？　この状況は……涼だった時に向こうの世界で読んだ本に載ってた気がするぞ……。確か恋人《こいびと》同士がやるという……アーンというやつでは？

彼はただ、特に深い意味は無く無意識に彼女が困っているからと親切心からそうしただけだったのだが、改めてこの状況を理解した途端、こそばゆさが込み上げてくる。

「いや……これはその……手が震えると言うからだな……」

言い訳をするが、それが言い訳になっているかも怪《あや》しい。

――というか、これって俺がすぐに手を引っ込めれば済むことじゃないか？

そう思って、スプーンを下げようとした時だった。

「……はむ」

「あ……」

リーナの口の中にニョッキが消えていた。

柔《やわ》らかい唇《くちびる》の感触《かんしょく》が、スプーンの先から持ち手にまで伝わってくるようだ。

ゆっくりと舌の上で味わい、ようやくそれが喉《のど》を通り過ぎたところで、上気した顔の中にある瞳《ひとみ》が大きく見開かれる。

「ど……どうだ？」

「……おいしい……おいしいです！」

彼女は両手を胸の前で握《にぎ》り、目を輝《かがや》かせていた。

「そ、そうか……なら、もう大丈夫《だいじょうぶ》だな」

慣れない食べ物を前にした緊張は、既に彼女からは消え去っていた。もう手が震えることもないだろう。そう思ってスプーンを置こうとした時だった。

その手をリーナの小さな手が包《つつ》み込む。

「ん……？」

何事かと彼女の顔に目を向けた途端、アンファングは衝撃《しょうげき》を受ける。

そこには目元を桜色に染め、はにかむ少女の姿があったのだ。

「あの……その……もう一回だけ……お願いできますか？」

「……!?」

心底申し訳無いという中に、して欲《ほ》しいという正反対の欲求が淡く混ざり合い、それでいて、そんな自分をどう受け止めていいのか分からないといった戸惑いが表に現れていて、そのおねだりの破壊力《はかいりょく》たるや、途轍《とてつ》も無《な》いものだった。

「な……何を言ってるんだ？　もう一人で食べられるだろ？」

「うん……でも、こんな気持ち初めてで……もう一度だけ……感じてみたいの……ダメ？」

「……」

――ぬぉぉ……なんだこの胸がムズムズする感覚は……。だが仕方が無い……このムズムズを解消するには、その頼みを受けるのが一番手っ取り早いだろう。

ドライに対処しようとするアンファングだったが、彼にとっても二万一年の吸血鬼《きゅうけつき》人生の中で、こんな気持ちになるのは初めてのことだった。

「も……もう一回だけだぞ？」

「うん」

リーナの顔が綻ぶ。

アンファングはまた同じ料理をスプーンで掬ってやると、彼女の口元へと運んだ。

小さな唇が触れる感覚が手元に伝わってくる。

「……はむ」

彼女は目を閉じ、儚《はかな》いものを楽しむようにゆっくりと咀嚼《そしゃく》し、恍惚《こうこつ》の表情を浮かべる。

それは料理の味というよりも幸せを噛み締めているようでもあった。

そんな彼女の姿を見ていると、胸の中に温かなものを感じる。

「ふぅ…………おいしかったです」

飲《の》み込んだ後に余韻《よいん》を楽しんでいた彼女は、ようやく目を開け、先ほどとさして変わらぬ感想を述べた。そして彼からスプーンを受け取ると、今度は自分で料理に手を付け始める。

——どうやら……満足したようだな。

その様子を見ながら、アンファングは安堵した。

彼女は熱々のニョッキを掬うと、唇を窄《すぼ》め、ふーっと息をかけて冷ます。

その姿を微笑ましく思っていた矢先、事は起きた。

「はい……」

そんな声と共に、アンファングの口元にスプーンが差し出されたのだ。

「なっ……」

思わぬ状況に彼は言葉を失った。

まさに先ほど彼女にしてやった行為の逆パターンを突き付けられたのだ。

「……なんのつもりだ？」

「お返し……」

彼女的には感動のお裾《すそ》分けということなのだろう。

ようやく消え去ったと思っていたムズムズが再熱する。

それだけじゃない。おかしなことにゲラルトの視線が気になり始め、差し出されたスプーンについても、それはさっきリーナが口を付けたものじゃないかと、今まで意識を向けたことのない細かなことが気になり出す。

——拒否《きよひ》するのは簡単だが……。

どうすべきか迷っていると、彼女が赤い顔をしながら不安そうに尋《たず》ねてくる。

「……食べられる？」

それは恐らく、本来、血が主食であるアンファングのことを慮《おもんぱか》っての言葉だった。

そこまでされて、その思いを台無しにするほど彼は非情ではない。

「ああ……」

思わず承諾《しょうだく》してしまった。

知識の上での話だが、夫婦らしさという点では多分、その行為は間違《まちが》っていないはずである。それに血以外の食材について調べを進めたかったのも事実であり、これはその良い機会であるのは確か。

目の前にした料理の形態も涼の世界で見てきたものとあまり変わらず、それを口に入れるという行為を想像してみても然程《さほど》拒否《きょひ》感を覚えない。これも転生したことによる恩恵《おんけい》の一つだろう。

アンファングは覚悟《かくご》を決めて、差し出されたスプーンに口を付ける。

「はむっ……」

スプーンの柄《え》の先に、頬《ほお》を赤らめながら、こちらの様子を窺うリーナの顔が見える。

――何とも言えない気分だが……こういうのも、いいものだな……。

そんなことを思いながらニョッキを噛み締めると、舌の上でスープの絡《から》みついた小麦と芋の生地が滑《なめ》らかに解《ほぐ》れる。

「ん…………」

彼の眉間《みけん》に皺《しわ》が寄った。

——ハッキリ言おう……。食べられる。が、なんと表現したらいいだろうか……味がしない。まるで……そう、無味無臭《むみむしゅう》の粘土《ねんど》を食べているような感覚だ。これをまた食べたいかと聞かれれば、答えはノーだろう。

微動《びどう》だにしない彼の反応を心配に感じたリーナは、そっと耳打ちしてくる。

「あの……大丈夫だった？」

「ああ……問題無い」

彼女はまだ気にしているようだったが、食したことで特に体に変化は無い。それに当然のことだが、人間の血液を吸った時のような満足感は皆無《かいむ》だった。無害といえば無害だが、このままでは吸血鬼にとって有益なものではないのは確かだった。

これはリーナの血を吸った時に分かったことだが、今のアンファングには口にしたものの成分が詳細《しょうさい》に分析《ぶんせき》できる能力が備わっている。実際、今、口にした料理の栄養成分と人間の血液に含まれる成分とで、重なる成分が存在しているということは理解できていた。

他にもっと適した素材があるだろうが、単に経口摂取《せっしゅ》目的で人間の血液と同等の栄養素を持った液体を作り出すのであれば、数多《あまた》の食材から必要な成分を取り出した上で化学的に合成することで生成できる可能性はある。栄養素的な面だけでなく、輸血に使えるほど厳密に人間の血液を再現する、言わば人工血液を作るということになったとしても、この能力は有用だ。それらが実現できれば吸血鬼は人間を捕食《ほしょく》する必要がなくなるだろう。

しかしながら、それが今日明日で出来るという訳ではない。技術的な面で越《こ》えなくてはならないハードルが無数にあるからだ。

現に涼がいた世界でも人工血液の開発は有史以来の悲願であり、長きにわたり研究が進められてきた。だが、血液を構成する全ての成分を再現することは難しく、安全性やコスト面での課題も多く残されている。

日本の医療《いりょう》チームが動物実験を成功させ、ようやく実用化の兆《きざ》しが見えてきてはいるものの未《いま》だ輸血に頼《たよ》らざるを得ないのが現状だ。

――血液の代替品《だいたいひん》の研究は続けるが、それには時間がかかりすぎる。やはり当面は人間の負担にならないくらい少量の血を採血によって分けてもらう方向で考えていった方が良さそうだな……。その為《ため》には採血機……というか、まずは注射針をなんとかしなくては何も始まらないか……。

金属を細く加工し、尚且《なおか》つ中空に作るには、かなり高度な技術が必要である。

通常、注射針というものはステンレスの板を丸めてパイプを作り、それを細く引き伸ばした上で切断して作る。この世界でそれを再現するにはどうしたらいいのか？

ふとアンファングの頭に先程《さきほど》書庫で見た過去の文献《ぶんけん》のことが思い出される。

そこには魔獣《まじゅう》の牙を利用したアクセサリーの加工方法についての詳細な説明が書かれていた。イヤリング、ネックレス、腕輪《うでわ》、ブローチ等、色々あったが、中でも髪に付けるヘアビーズのようなものが気に掛《か》かっていた。

ヘアビーズとは中空素材のビーズに髪の毛を通して取り付ける髪飾りの一種である。

本に書かれていたものは涼の世界に存在するヘアビーズより小さめだが、原理的には同じものだ。

思い立った彼は口の中に残っていた料理を飲み込むと、ゲラルトに顔を向ける。

「頼《たの》みたいことがあるのだが」

「はあ、なんでしょう？」

「もう一度、書庫の本を見せてもらいたいのだが」

言うと彼は、ほんの僅か沈黙《ちんもく》した後、目を見開いた。

「ということは……あの本がお読みになれる……。さすがはクルス殿《どの》、博識ですな。私もなんとかして読み解こうと、色々調べたことがあるのです。その結果あそこにあるものは、ほとんどが古代王朝文字で綴られているというところまでは突き止《と》めたのですが……それ以上はなんとも……。理解するには数千年前にこの地方で栄えた王朝文化の知識が必要になるはずですが……クルス殿は、どこでその知識を？」

最後の最後で核心《かくしん》をつくような鋭《するど》い質問をしてくるところが抜《ぬ》け目《め》ない。

「まあ……職業柄《しょくぎょうがら》、色々な町を渡り歩いてきているからな」

「なるほど……。ふむ……」

ゲラルトは納得したとは言い難い表情をしていたが、顎髭《あごひげ》を撫《な》でつつ、ひとまずは頷《うなず》いてくれた。その姿は穏《おだ》やかなものだったが、瞳の奥《おく》には今までに捉《とら》えられなかった強い意志を感じる。

「それで、書庫の件ですが、それがクルス殿の助けになりますでしょうか？」

何か思う所があるような言い方だった。

「まあ」

とだけ答えると、ゲラルトも察したような笑《え》みを見せる。

「分かりました。どうぞ、いつでも自由に読んで頂いて構いませんので」

「ああ、すまない」

二人揃《そろ》って満足したような顔を見せ合うと、アンファングは味のしない料理を頬張《ほおば》った。

† † †

食事を終えるとすぐに例の書庫へと足を向け、先程まで見ていた工芸品の技術本を手に取って開く。真っ先に見るのは魔獣の牙を利用して作るヘアビーズの項目《こうもく》だ。それは素地の色味を活《い》かしたシンプルなもので、長細く、表面には筆で模様が描《えが》かれている。

——外径は5・0ミリス（約5ミリ）もあるが……穴の内径は1・6ミリス（約1・6ミリ）か……。注射針の内径としては太すぎるが、輸血用の針と考えればそこまで太いという訳でもない。硬度《こうど》的にも申し分無いし、周りを更に細く研磨《けんま》して棒状に加工、先を斜《なな》めにカットすれば……いけそうな感じはする。で、これはどうやって穴を空けてるんだ？

ページを捲《めく》り見回すも、どこにも中空に加工する方法が書かれていない。なので一体、どんな素材を使っているのか材料の項目に目を向ける。

するとそこには、こう記載《きさい》されていた。

原材料：飛毒蛇《フライングサーペント》の牙
——なるほど、毒牙《どくが》をそのまま利用するのか。

毒蛇には毒牙というものがある。普通《ふつう》、その牙には噛み付いた獲物《えもの》の体内に毒を注入する為の極小《ごくしょう》の穴が開いている。それはこの世界の魔獣に於《お》いても同じだ。

──残留毒についても洗浄《せんじょう》すれば問題無いし、牙自体も熱に強いみたいだから煮沸《しゃふつ》消毒も可能だ。注射針としても優秀《ゆうしゅう》だな。で、こいつをどうやって加工するかだが……。

その本には研磨機を使い、ヘアビーズを加工してゆく工程が書かれていた。

しかし、今のヴェルクラウツの町には当時の道具も無ければ職人もいない。素材を揃えたところで実際に作製することができないのだ。

──さて、どうしたものか……。早速、詰《つ》んだのか？　だが、研磨さえできればいいんだ。それ自体は然程《さほど》難しいことでもない。問題は、そこまで細く削《けず》ることのできる技術だ。

この場で手に入りそうな近しいものを考える。

──ん……そういえばユリウスが持っていた、あの十字剣《クロイッシュヴァート》。あれを加工した鍛冶《かじ》師ならら……とも思ったが、この町にはそういった者はいなそうな雰囲気《ふんいき》だしな。入手先も恐らくもっと大きな町……そう、たとえば西の王都とか。だが、その剣もメンテナンスはしなくちゃいけない。その度に王都まで行ってはいられないだろうから研《と》ぎ師《し》だけはヴェルクラウツにもいると思うのだが……。

──町長に聞いてみるしかないか……。

思い立つと、夕食の片付けをしていると思われる台所へと向かう。

が、そこで意外な人物と再会した。

「おっ……ユリウス」

「お……」

彼は台所にある小さなテーブルに着き、随分《ずいぶん》と落ち着いた雰囲気で食事を取っていた。

しかも不意をつかれたようにパンを咥《くわ》えたままこちらに振《ふ》り向いた彼の姿は、普段《ふだん》の毅《き》然《ぜん》とした態度からすると、やや茶目《ちゃめ》っ気《け》がある。

「なぜ、お前がここに？」

尋ねると彼は食べかけのパンを一旦《いったん》、皿に置いて向き直る。

「なぜって、ここは私の家だからな」

「え……？」

「ん？　言ってなかっただろうか？　私は町長の子だ」

「……」

——聞いてないぞ！　そういうことはもっと早く言ってくれよな。

「意外だったか？」

「まあ……」

――そう言えば……今になって思い返せば幾つかヒントはあったな。

自警団の男達《たち》が、彼《かれ》に対し敬意を払《はら》っていたこと。逆にゲラルトは気軽な態度であったことだ。それでも尚《なお》、意外に感じたのは貴公子のような容姿の彼が、この庶民《しょみん》じみた家に不釣《ふつ》り合いに思えたからだった。しかし、そうなってくると彼がこの町専属のヴァンパイアハンターである理由も良く分かる。

「私は先程の後始末を終えて遅《おそ》めの夕食だ。クルス殿は何か用があったのではないか？」

「ああ、まあな」

見たところ台所にゲラルトの姿は無い。

――この際、ユリウスでも問題無いか。

「聞きたいことがある」

「ん？　なんだ？」

「この町に研ぎ師はいるか？」

「研ぎ師……刀剣《とうけん》のか？　そのような者は西の王都まで行かないといないな」

「そうか……」

「もしや、聖剣《せいけん》を？」

「いや、剣ではないんだが、ちょっと研いでもらいたいものがあってな。そこそこ腕《うで》の立つ研ぎ師がいればと思ったのだが……。時にユリウスは自分の剣をどうしているんだ？」

「私か？　私は自分で研いでいる」

「……！」

　アンファングは面食らって呆然としてしまった。

　――剣は自身の命を託《たく》すものだ。その道で、ある程度経験を積んだ者でないとまともな手入れはできない。素人《しろうと》が手を出せば刀身をボロボロにしてしまうだろう。それを自分でやるだなんて……。それだけ人材も不足しているということか……。

「自分でも結構、腕は良いと思ってるのだが？　町の奥様方《おくさまがた》から包丁をお願いされることも多々あるしな」

　――おいおい……刃物《はもの》は刃物だが、包丁とヴァンパイアハンターの剣が同じ扱《あつか》いでいいのか⁉　しかし……逆に考えれば、それだけ良い仕事をするということか……。まあ今回は剣ではないし……いけるか？

「……なるほど。そういうことなら後で頼むかもしれない」

「その様子、あまり信用してないな？」

「そんなことはない。期待してる」

「そうか」

ユリウスは冗談《じょうだん》っぽく言うと笑って見せる。門前での腹の探《さぐ》り合《あ》いが行き過ぎたせいか、いつの間にか彼とは軽口が叩《たた》けるような間柄《あいだがら》になっていた。

──だいぶ変則的になってしまったが、とりあえず研ぎ師の確保はできた。あとは、その素となる原材料の調達だが……。飛毒蛇《フライングサーペント》はどの辺りに生息してるんだろうか？　あの本に書いてあるということは、この町の周辺に住処《すみか》があるのは確かなんだろうが、ある程度限定できていないと、ただ闇雲《やみくも》に探していたのでは効率が悪い。

「ところでユリウスは飛毒蛇《フライングサーペント》というのを知っているか？」

「あの羽が生えた大蛇《だいじゃ》の魔獣のことか？」

「そう、それだ。この辺りで最近、見かけたような場所はないか？」

「いや、私が最後に見たのはだいぶ昔……それこそ幼少期だな。その頃《ころ》は湖で良く見かけることがあったが……そういえば最近は全く見かけなくなったな」

──さすがに五千年以上も前の本だしな……その間に生態系の変化があってもおかしくはない。より良い餌場《えさば》を求めて住処が移り変わったり、逆に数を減らしたりということも有り得る。

「その魔獣がどうかしたのか？」

「腹の中にできる結石が真珠《しんじゅ》に匹敵《ひってき》すると噂《うわさ》でね。この御時世《ごじせい》でも王都に行けば高値で取り引きがあるらしい」

「ほう、それはなかなか」

さすがに彼も本気で捉えていない様子だったが、話を合わせて乗ってくれる。

――さて、このまま地道に飛毒蛇《フライングサーペント》を探すか、それとも代わりになりそうな似、、、たような牙を持った他の魔獣を探すか……。

どうすべきか選択《せんたく》に悩《なや》んでいた時だった。意識の中に引っ掛かりを覚える。

――似たような牙か……。それなら普通の毒蛇の牙もそれに当たるが、それでは加工するのに牙が短すぎる。しかも湾曲《わんきょく》しすぎていて注射針には適さないだろう。そこへ行くと飛毒蛇《フライングサーペント》の牙は湾曲が少なく、長さもあるので加工に余裕《よゆう》がある。それぐらい長くて大きな……それでいて毒牙のように毒腺《どくせん》から毒液を注入する為の穴が空いた牙を持つ動物……。

そこまで考えたところで何かに思い当たる。

「！」

アンファングは思わず自分の口元に手を当てた。

――考えもしなかったな……。

吸血鬼の鋭い牙は人間の血管を食い破る為に存在しているが、実はもう一つの使い道がある。それは人間を眷属《けんぞく》として迎《むか》え入れる際に隷従《れいじゅう》物質を注入する役割だ。それが故に牙には極小の穴が空いている。

――人間と吸血鬼の共存を目指す俺にとって、同族の牙を狩《か》るのは如何《いかが》なものか……とも思うが、人間に害をなす者ならば話は別だ。

町を襲《おそ》った吸血獣。そいつを差し向けてきた吸血鬼の存在を思《おも》い浮かべる。

――とは言っても、向こうから出向いてきてくれないことには居場所が分からないしな……。だからといって、やってくるまで待っているのもどうかと……。ならば、吸血獣の方はどうだろう？　俺が寝《ね》ている間に現れた新しい種であるから、詳《くわ》しい生態は分からないが、なんだかんだ言っても吸血鬼が作り出したものであるわけで実際、吸血する獣だ。名残《なごり》として同じ機構を持っている可能性がある。それなら俺が葬《ほうむ》った吸血獣が……と思ったが、あれは派手に頭部を粉砕《ふんさい》しちまったからな……。何も残ってないだろうな……。となると、改めてやるしかないか。

「別の話になるが吸血獣について聞きたい。奴《やつ》らはどれぐらいの頻度《ひんど》で襲ってくるんだ？」

「唐突《とうとつ》になんだ？　まさか飛毒蛇《フライングサーペント》がいないからって吸血獣の腹の中を探ろうというのではあるまいな？」

「案外、大粒《おおつぶ》の真珠が見つかるかもしれないぞ？」

「あまりいい冗談ではないな」

それでユリウスの表情も引き締《し》まったものに変わる。

「吸血獣《じゅう》の話だったな。それについては特に規則性は無いので私からは何とも言えないな。立て続けに襲撃《しゅうげき》がある場合もあるし、一月も間が空くこともあるからな……」

「そうか……」

「何か気になることでも？」

「いや、単に襲撃の間隔《かんかく》を知っておきたかっただけだ」

――ここで吸血獣が襲ってくるのが待ち遠しい！　とか、口が裂《さ》けても言えない……。

と、そこでユリウスが期待するような視線を向けてきているのが分かった。

あんな質問の仕方をすれば、その反応も分かる。

目の前で猟犬《ヤクトフンド》型の吸血獣を三体、いとも簡単に葬った聖剣使いのヴァンパイアハンターが吸血獣について情報を集めようとしている。

町の平穏《へいおん》の為に戦ってくれるのではないかと期待するのは当然の流れだ。

するとユリウスは、「実は……」という出だしで話し始めた。

†　　†　　†

「わ……」

リーナが吐息《といき》のような感嘆《かんたん》の声を漏《も》らした。

彼女《かのじょ》の目の前には、青空を映し出す鏡面のような湖が広がっていた。

水面には波すら立たず、静かに佇《たたず》んでいて、まるで自身が空の中に立っているかのよう。

ここはヴェルクラウツの町から五キロル（約五キロ）ほど離《はな》れた場所にある湖、トレーネ湖。この湖の水は塩分濃度《のうど》が高く、一般《いっぱん》には塩湖と呼ばれているものだ。

ゲラルトが食事の席で言っていたように、湖畔には小さな塩田が作られ、ささやかな量の塩を町へと供給している。

アンファング達はそんな場所にやって来ていた。その理由はというと、このトレーネ湖の界隈《かいわい》に一体の吸血獣が棲《す》み着いているとの話をユリウスから聞いたからだ。

塩は貴重なものだ。職人の町が衰退《すいたい》している今のヴェルクラウツにとって塩は町を豊かにしてくれる可能性を秘《ひ》めている。今は町の中だけを賄《まかな》う量しか生産できていないが、できれば生産量を増やし、西の王都へ向けての流通を増やしたいところだろう。

だが塩田での作業中に住民が襲われるケースが多く、安心して生産活動ができないのだという。更には長年にわたり、人の血肉を喰《く》らい、力を蓄《たくわ》え、主と化しているその吸血獣は他よりも強い個体らしく、ユリウス達でも手出しできずにいるのだとか。

まともに作業ができる可能性が見出《みいだ》せず、アンファング達に希望を抱《いだ》いたのだ。

だが吸血獣の牙を求めるアンファングにとって、これほど都合の良いことはない。向こうからやってくるのを待つ手間が省けたのだから。ついでにそれが町の為になるのならば、これを引き受けない手はなかった。

無論、ユリウス自身も討伐《とうばつ》を手伝うと申し出てきたが、丁重《ていちょう》に断った。目的が目的だけに、あまり公に行動する訳にもいかなかったからだ。どちらかといえば、手早く終わらせたいというのが本音だった。

「それにしても……とても吸血獣がいるようには思えないです」

リーナは未だ壮麗《そうれい》な景色に意識を奪《うば》われているようだった。

「ん……まあ、そうだな」

「?」

アンファングの歯切れの悪い返答に、リーナは違和感《いわかん》を覚える。

「いかが致《いた》しましょう、ご主人様」

湖畔《こはん》に立つティルが聞いてくる。彼女はどんな指示があっても、すぐに対応できるよう待ち構えている様子だった。だが、アンファングの意識は別の所に向いていた。

「その前に、ちょっと調べておきたいことがある」

「承知しました」

彼は湖岸に立つと足元に目を向ける。そこには湖岸の岩が砕《くだ》けたらしい小石が転がっていた。おもむろにそれを一つ拾い上げて、宙にかざし、角度を変えて観察する。

どこにでも落ちていそうな白っぽい小石。

そいつをある程度眺《なが》めたところで、彼は驚《おどろ》くべき行動に出た。

まるでスナック菓子《がし》のような感覚で口の中に放《ほう》り込《こ》んだのだ。

「あっ……！」

思いも寄らぬ行動にリーナは思わず声を上げる。

その驚きようとは裏腹に、当の本人は涼《すず》しげな顔で小石をポリポリと食べていた。

彼女が唖然《あぜん》とした表情で見守る中、彼は全てを飲み込むと得心したように「ふむ」と口にする。

――含有《がんゆう》主成分は炭酸カルシウムと硫酸《りゅうさん》カルシウム……そして少量の塩化カリウムってところか……。町の石壁《いしかべ》に触《ふ》れた時にも感じたが、やはり思ったとおりだな。

アンファングは再び湖へと目を向ける。

――典型的な露天《ろてん》掘りか……。

この湖は見た所、他の河川《かせん》からの流入流出の無い閉鎖《へいさ》湖だ。そして周辺の岩石に含《ふく》まれる成分は町の石壁に使われているものと同じ。ということは恐らく五千年以上前、有用な鉱石を掘《ほ》り出したあとに雨水などが溜《た》まり、長い年月をかけて地層に含まれる塩分が溶《と》け出し、塩湖になった可能性が高い。

——今は町に塩を供給するだけの存在になっているが……この湖、使いようによっては結構活用できそうだぞ。

想像が膨《ふく》らみニヤついていると、何やらリーナが傍《そば》でごそごそとしているのに気が付く。

ふと、そちらに視線をやると間近に露《あら》わになった彼女の白肌《しらはだ》があり、思わず仰《の》け反《ぞ》った。

「なっ、なにをやってんだ⁉」

「えっと……その……」

元々肩口《かたぐち》が大きく開いている服装だったが、彼女は更《さら》に袖《そで》を下げ、その首筋をアンファングへと向けていた。

「……改めて聞かれると……恥《は》ずかしいのだけど……」

「？」

「あの……私でよければ………吸ってもいい……よ？」

彼女は思い切ったように告げると、照れ臭《くさ》そうに視線を逸《そ》らす。

考えるまでもない。彼女はアンファングに自らの血を提供しようと言っているのだ。

白い肌《はだ》の下に透《す》けて見える血の流れを目にすると、体の奥底《おくそこ》で何かが疼《うず》くのを感じる。

「それは遠慮《えんりょ》する」

「え……」

アンファングは蠢《うごめ》き始めた情念を掻《か》き消すと、冷静に尋ねる。

「どうして急にそんなこと言い出したんだ？」

「だって……昨日の夕食もあまり食べてなかったし……それに今も……石まで食べ始めてたから……おなか空いてるんじゃないかと思って……」

まだ口内に僅《わず》かに残るジャリっとした感覚に意識がゆく。

「べつに腹が減ったとかいう理由で石を食った訳じゃないぞ」

「え……違《ちが》うの？　砂トカゲだって獲物が獲《と》れない時は石を食べるって聞くけど……」

「魔獣と一緒《いっしょ》にするな。俺《おれ》はただ、この辺りの地層の成分を確かめていただけだ」

「せい……ぶん？」

リーナは首を傾《かし》げる。

「俺は咀嚼することで物を構成している物質の一つ一つを理解できるんだ」

「そ、そうなんだ……。じゃあ……はい」

そう言って彼女は再び首筋を寄せてくる。

「全然、理解してないだろ……」

このままでは埒《らち》が明かない。そこで彼女に助けを求めた。

「ティルからも何か言ってやってくれ」

するとティルは心の底から嬉《うれ》しそうな顔をして、

「良い心がけです。やっと、ご主人様のお食事としての自覚が出てきたようですね」

と、望まない方向にやる気満々だった。

——頼む相手を間違えた！

「ありがとう……ティルさん」

「いえいえ、礼には及《およ》びませんよ。それに、わたくしのことはティルでいいですからね」

「はい、ティル。私……がんばります」

リーナの言葉を受けて、ティルはうんうんと頷いて見せた。

「さあご主人様、美味《おい》しそうな所をガブッとやっちゃって下さい」

「……やっちゃって下さい」

ティルは、まるで熟《う》れた果実でも勧《すす》めてくるかのようにリーナの体を押《お》して、こちらに寄せてくる。本人も乗り気だ。

「っと、おいっ……俺は吸わないと言ってるだろ」

「お体に障《さわ》ります」

「問題無い」

「そうでしょうか？　ご主人様がお目覚めの際、わたくしは確かに腹鳴を耳にしましたが」

「……そうなの？」

その言葉を受けてリーナが心配そうに見上げてくる。

「いや……そうだが……そのあとすぐにリーナの血をもらっているから今は大丈夫だ」

「あのような少量では……。差し出がましいようですが、わたくしはご主人様のお体が心配なのです。それに何かお考えがあるとはいえ、さすがに石をお召《め》し上がりになるのは、わたくしもどうかと……」

「だから、それは……」

彼女はそう言うが、血を吸わなかったからといって何がどうなるというわけでもない。

言わずもがな吸血鬼は不老不死だ。血を摂取しないことで起こる弊害《へいがい》は精々、体力や魔《ま》力《りょく》が低下することとくらい。それでも死ぬことは無いのだから然《さ》したる問題ではない。

では何の為に血を吸うのか？　体力や魔力を蓄えようとする本能的欲求と、それに付随《ふずい》する快楽。そして、それを怠《おこた》ったことによる猛烈《もうれつ》な飢餓《きが》感を満たす為である。

「というわけですから、彼女をお召し上がり下さい。さあ、リーナも一緒に」

「あっ……うん……おっ、お、お召し上がりくだしゃい」

「⁉」

緊張《きんちょう》と恥ずかしさで一杯一杯《いっぱいいっぱい》なリーナ。それでもはにかみながらお願いしてくる彼女の姿に、アンファングの心臓がトクンと強い音を立てた。

――なんという破壊力……。しかも最後、噛《か》んでしまっているところが尚更《なおさら》、愛《いと》おしく感じる。思わず「そこまで言うのなら……」と手を出してしまいそうだ。だが……。

「だから吸わないと先程から……」

「今……少し迷った」

「う……」

リーナが鋭い所をついてくる。

「もう一息ですよ、リーナ」

結託《けったく》する二人。そしてティルが更にリーナの体を押してくる。

「うん……」

「さあ」

「ん……」

ほんのりと桜色に染まった肩口と鎖骨《さこつ》がアンファングの胸元《むなもと》に押しつけられる。

「おっ、おい……」

触れ合った箇所《かしょ》から彼女の鼓動《こどう》――即《すなわ》ち血の流れを感じる。

それだけでなく、伝わってくる温《ぬく》もりに癒《い》やされてゆくような感覚さえ覚える。

――このままでは……。

そう思った直後だった。

「あっ」

そんな小さな悲鳴と共にリーナの体が斜めになってアンファングから離れてゆく。

足元が狭《せま》い岩場だったことが災《わざわ》いした。

ティルがあんまり押すのでバランスを崩《くず》して足を滑《すべ》らせたのだ。

しかも、そこは湖岸である。このままでは彼女の体は湖の中へ落ちてしまう。

アンファングはすかさず彼女の腕を掴《つか》むと、そのまま体を引き寄せる。

それでリーナの肢体《したい》は無事、彼の腕の中へと収まった。が、その体勢が問題だった。

真横に体が傾《かたむ》いた状態で抱きかかえられた彼女。そこへ覆《おお》い被《かぶ》さるように体を添《そ》えるアンファング。二人の顔は触れてしまいそうなくらい間近にあったのだ。

「あ……」

「む……」

改めて自分達の状態に気付いて小さく声を漏らすも、それだけで互《たが》いの唇《くちびる》から漏れた吐息を肌に感じる。途端《とたん》に彼女の顔が赤く上気してゆくのが分かる。

だがアンファングは、まるで彫像《ちょうぞう》のようにその体勢のまま動こうとはしなかった。

――なぜだろうか……。しばらく、このままでいたいと思う自分がいる。あいつの面影《おもかげ》を彼女に感じているからか？　いや……そうじゃない……。

「あっ、あ、あの……」

一向に手を離す気配の無いアンファング。さりとて動揺《どうよう》で言葉を上手《うま》く紡《つむ》げないリーナは、恥ずかしさに耐《た》えきれず視線を逸らすのがやっと。

このまま本当に彫像になってしまうのではと思われたその時、事は起こった。

突然《とつぜん》、二人の傍の湖面が激しく波立ち、水中から三メートルはあるかと思われる巨体《きょたい》が飛沫《しぶき》を上げて現れたのだ。鋭い牙を剥《む》き出《だ》しにし、醜《みにく》い咆哮《ほうこう》を上げたそれは、多くの人の生き血を吸って肥えた、かなり図体《ずうたい》の大きい吸血獣だった。

そんな状態になっても未だ動こうとしないアンファングに、リーナは慌《あわ》てて声を上げる。

「あっ、あの……あれ！」

それを嘲笑《あざわら》うかのように獲物を目の前にして口元に涎《よだれ》を垂らした吸血獣は、人の顔よりも大きい鋭い爪《つめ》を振り上げる。

「ギシャアァァァァッ」

再び不快な咆哮を上げたのとほぼ同時だった。

「うるさい」

アンファングが煩《わずら》わしそうに呟《つぶや》きながら左手を水平に伸《の》ばした次の瞬間《しゅんかん》、

「グェッ……!?」

吸血獣の胴体《どうたい》に向こう側の景色が見通せるほどの風穴が空いていた。

圧縮した魔力が肉を突き破《やぶ》ったのだ。

吸血獣は断末魔《だんまつま》の声を上げることすらなく湖面へ倒《たお》れ、大きな水柱を上げる。

「……」

リーナはあまりに一瞬《いっしゅん》の出来事で絶句していた。

アンファングは彼女をようやく抱き起こすと、ぼんやりとした顔に尋ねる。

「どうした？」

「あんな簡単に……というか、とても吸血獣がいるような雰囲気はしなかったから……」

「ん……ああ、そんなこと言ってたな」

「あ……」

リーナは自分の過去の発言を繰《く》り返したところで、その時アンファングが歯切れの悪い返事をしてきた理由に気付く。

「もしかして……最初から吸血獣がそこにいるの……気付いてた？」

「まあ……な」

アンファングは、彼女の頭にポンと手で触れる。

「さて、流されちまう前に例のものを回収しないとな」

そう言って彼は、湖面に浮《う》いている吸血獣の死体を引き寄せると、爪の先に魔力を集中させ、牙の根元に這《は》わせて切断する。その滑らかな切れ味は、まるでレーザーメスのよう。

彼は取り上げた牙を見回しニヤリと笑う。

「思ったとおり、使えそうだ」

「？」

アンファングの一連の行動を呆然《ぼうぜん》と見守っていたリーナは、彼に血を吸わせるタイミングを完全に逸《いっ》してしまっていた。

† † †

「悪くない」

アンファングは髪《かみ》の毛《け》のように細い棒を頭上にかざし、その輝《かがや》きを惚《ほ》れ惚《ぼ》れとした表情で眺《なが》めていた。

ここは町長宅の居間。宵闇《よいやみ》に包まれた室内では、この世界で手軽な照明として重宝されている油豆が皿の上で燃えている。

その優《やさ》しい光に照らされ、彼の手の中で光っているのは一本の注射針だった。

長さといい、太さといい、涼の世界のそれとほとんど変わらない。違うのは材質だけだ。

通常はステンレスで作られているそれだが、アンファングの手にあるものは金属とは思えない艶《つや》のある白い色をしていた。

傍にいたリーナも不思議なものを見るような目で、その注射針を一緒に眺めていた。アンファングがそれを嬉しそうに見つめる理由が、どこにあるのか探そうとしていたからだ。

「そんな感じで良かったのか？」

不安そうに尋《たず》ねてきたのはユリウス。アンファングに牙の研磨を頼まれた彼は、指示されたとおりのものを作り上げてくれていた。しかし、それが本当にアンファングの望む形になっているのか、彼の中でまだ納得《なっとく》仕切れていない様子。

「ああ、問題無い。むしろ予想以上の出来映《ば》えだ」

「そうか、何分こういったものを研ぐのは初めてだったので、どうしても加減が分からなくてな。そう言ってもらえるとありがたい。ところで、それは一体、何に使うものなのだ？」

それは端《はな》から予測できていた至極《しごく》当然な質問。何を作らされているのか、その意味も知らずにいられるような人間はそうそういない。

――見た目はただの細い棒だ。言い訳はいくらでも考えられる。だが、一番恐《こわ》いのは実際にこれを使う時が来た時に、最初に言っていたことが嘘《うそ》だとバレることだ。そうなれば、その先に続くはずだった信用が失われることになる。ひいては俺の目指す目標が遠退《とおの》くのは必至。だからここは、真実を告げるより他は無い。

「将来、人類の為になるものだ」

「人類の為……？」

この細い棒がどうやったら人類の為になるのか？　想像も付かないし、あまりに取り留めの無い話だ。だが嘘は言っていない。それにその言い方では、さすがに彼も「では、どんなふうな形で人類の為《ため》に使われるのか、その方法を教えて欲《ほ》しいのだが？」とまでは追及できず、それ以上は突っ込んでこなかった。

「まあ、クルス殿のことだ。さぞかし私には想像も付かないようなことを考えているに違い無い」

彼は意味ありげに笑った。

「それにしても牙を研がされることになるとはな……」

「聖剣の方が良かったか？」

「いや、さすがにそれは私の手には余りそうだ。で、それは何の牙だったのだ？　前に飛毒蛇《フライングサーペント》を探していたようだが……？」

相変わらず鋭い質問をしてくるので気が抜けない。

「聞けば、あまり良い感情は持たないと思うが？」

「……まさかとは思うが……」

それだけで彼は答えに辿《たど》り着いたようだった。

「吸血獣のものだ」

告げた途端、普段はかなり冷静な彼が珍《めずら》しく戸《と》惑《まど》いの表情を見せた。

それは仇敵《きゅうてき》に対する負の感情とは違う、明らかな拒否《きょひ》反応。

――どうした？　もしや手で触れたりしたらまずいものだったのか？　毒液を送《おく》り込む穴が空いている以上、毒牙としての役割を果たしている可能性は高いからな。

「一応、水で洗浄したあとに熱湯で煮沸消毒しておいたが？」

「そ、そうか……。噛まれたわけじゃないからな。そこまで慌てる必要は無いとは分かっているのだが……どうにも気にしてしまうな」

彼は苦笑いを見せる。だが、ここでその理由を尋ねる訳にもいかず、アンファングは話を合わせるように小さく頷《うなず》いた。

注射針は一対《いっつい》の牙から作った為、今、アンファングの手には二本の針がある。その他にも既《すで》に採血チューブを確保していた。

ゴムのように弾力《だんりょく》を持った中空のチューブ。それはイビルワームと言われる巨大《きょだい》ミミズの腸で、町長宅にあった過去の文献《ぶんけん》によると、昔はその丈夫《じょうぶ》さと弾力性の高さから歯車に動力を伝えるゴムベルトのようなものとして使われていたらしい。

アンファングは、この素材が採血チューブとして代用できるのではないかと思い、イビルワームを捕《つか》まえ、確保しておいたのだ。幸い、イビルワームは比較的頻繁《ひかくてきひんぱん》に見かける魔《ま》獣《じゅう》で、その採取には然程苦労しなかった。

今それは、彼らが宿として厄介《やっかい》になっている町長宅の離《はな》れの方に保管してある。

――だいぶ揃《そろ》ってきたな。あとは血液を吸引するポンプと保存の為のパックが必要だな。

期待が高まりつつある時だった。

「あの……ご主人様……これ……」

傍にいたリーナが遠慮がちに何かを差し出してきた。それは片手に収まるくらいの木製の小箱で、表面には九つの首を持った大蛇の魔物《まもの》ヒュドラの姿が四辺を縁取《ふちど》りするように描《えが》かれている。

「なんだ、それは？」

「えっと、ご主人様のそれ……小さいものだし……先も尖《とが》ってて危ないし……大事なものみたいだから……なくさないように、これに入れたらいいかなって……」

「なるほど、気が利《き》くな。だが、これはどうしたんだ？」

「町長さんから不要になった箱をもらって……それだけだと見た目が寂《さび》しいから……私が絵を付けた」

「え……」

思わず呆然としてしまった。

「……言われてみると、このヒュドラの絵……なかなか手が込んでいる」

「そ……そう？　そう言ってもらえると嬉しい……」

リーナは照れ臭そうに身を揺《ゆ》らす。

「でも……これヒュドラじゃなくて……ウサギさん……のつもりなんだけど……」

「……ウサギだと!?」

思っても見なかった名前が出てきて、アンファングは小箱を二度見してしまった。

――そういや、そうだったな……。

彼は前にも見せてもらったことがある吸血鬼王《きゅうけつき》の肖像画《しょうぞうが》を思い出していた。

「気になるなら……違うのも作ったので……こっちを」

そう言って差し出してきたもう一つを受け取ると、今度は蓋《ふた》一面に大きなヒュドラの絵が彫《ほ》られていた。

「やっぱりヒュドラじゃないか！」

「え……それは……リス……なんだけど……」

——違いが分からない……！　ただ禍々《まがまが》しさが増したことだけは分かるが……。

「そ、そうか……。まあ……とりあえず、こっちのを使わせてもらおうか」

「うん」

大きなヒュドラの方に決めると、小箱の中に二本の注射針を収めた。

その様子をリーナは嬉しそうに見ていた。

と、そこで二人のやり取りを見守っていたユリウスが口を開く。

「仲むつまじいところすまないが……」

「なかっ……」

「むつまじ……」

本人達は意識していなかったのに、他者に指摘《してき》された途端、急に恥ずかしくなる。

ユリウスはそんな二人のことを不思議そうに見ていたが、そのうちに畏《かしこ》まったように頭を下げた。

「感謝している」

「なんだ急に、らしくない。それに、そういうのは前にも聞いたはずだが？」

「いや、そうではない。クルス殿《どの》がこのヴェルクラウツに来てからというもの、町が変わりつつある。そこに改めて感謝しているのだ」

「……」

「私はこの町で生まれ、この町で育ったヴァンパイアハンターだ。だから尚更そういう感情が強い」

「変わりつつあると言ったが、上手くいってるのか？」

「ああ、たとえば畑の方だが、クルス殿に言われたとおり湖周辺の岩を砕いて炉で焼き、水を加えて熟成させたものを粉末状にして土に撒《ま》いてみたところ、まだ数日だが作物が生き生きしたように感じられると住民から声が上がっている。これなら小麦や芋《いも》以外の作物にも手を出せるかもしれないとも言っていた」

「そうか」

「しかし、なぜそのような変化が起きたのだ？　ただ石の粉を撒いただけで……」

「それを説明するには、どこから話したらいいだろうか」

「?」

アンファングが囓《かじ》った小石の中に含まれる成分。その中でも炭酸カルシウム——俗《ぞく》に言う石灰《せっかい》は加工することで土壌《どじょう》を中和する作用がある。吸血獣に荒《あ》らされ作物の生育が良くないと聞いていたが、それは単に踏《ふ》み荒らされたというだけでなく、吸血獣が体皮から常時放散している瘴気《しょうき》が強い酸性である為、土壌を汚染《おせん》しているからだ。

石灰を加工した消石灰は酸性に傾き過ぎた土を平常な状態に戻《もど》す役割を担《にな》っていた。それに加え、一緒に採取できた硫酸カルシウム（石膏）と塩化カリウム（カリ岩塩）が適度な栄養成分になっている。特にカリウムは化学肥料に含まれる三大栄養素の一つでもあり、作物に対しての即効性《そっこうせい》も高い。

という意味の内容を出来るだけ分かり易《やす》くユリウスに伝えると、彼《かれ》は顎《あご》に手を当て、小さな声を漏らした。

「ふむ……」

——微妙《びみょう》な感じだが……今ので伝わったか?

「なるほどな……今回は、その石に含まれているものが作物に良い影響《えいきょう》を及ぼしたというのは分かった。だが、なぜそれが石壁の修復にも使えるのだ?　そのような万能《ばんのう》な石がこんな近くに存在していたことが不思議でならない」

「まあ、元々はそっちが先だったのだが」

「？」

　アンファングはこの鉱石を畑へ投入することの他に、町の周囲を取り巻く石壁にも流用するよう指示していた。元々あの湖は石壁の材料を得る為に掘られた穴であり、そこから採掘《さいくつ》される鉱石、中でも石灰と石膏は涼の世界でもコンクリートの材料として使われている成分だ。五千年前の人々はそれで石壁を造り、町を守ってきたのだろう。

「ということは、今まさに我々は先人の知恵《ちえ》を借りている……ということか」

「まあ、大体そんなところだ」

　大体と答えたのは当時と製法が異なる部分があるからだ。粉砕した鉱石に動物の骨や皮を煮詰《につ》めて作った膠《にかわ》を合わせ、水と共に砂や砂利《じゃり》を混ぜる。そこまでは涼の世界のコンクリートに近い。違うのはそこに聖力《ソリス》が施《ほどこ》され補強してあるということだろう。

　しかし人手が足りていない今、壁《かべ》全体に手を入れるほどの生産性は望めないので、ひび割れた箇所を部分的に修復するくらいにしか至っていないのが現状である。

「畑や石壁のこともそうだが、湖の主を倒してくれたことで塩作りも再開の目処《めど》が立った。クルス殿のお陰《かげ》で人々の間に安心感が広がっている。町がこんなにも明るい雰囲気《ふんいき》に包まれるのはいつ振《ぶ》りだろうか……。上手く伝わっていないようだが本当に感謝しているのだ」

「いや、もう充分《じゅうぶん》過ぎるくらい伝わってる」

アンファングは素っ気なく答えたが、他者から感謝されて悪い気はしない。

顔には出さないが手応えを感じていた。

――吸血鬼と人間が共存するには、勢力的にもある程度対等でなくてはならない。この調子で少しずつ人類を持ち直させていく必要があるな。

これからの展望を頭の中で構築し始めた時だった。

ドンドンドンッ
突然《とつぜん》の打音。それは玄関《げんかん》の扉《とびら》を叩《たた》く音だ。

その殴《なぐ》り付けるような激しい叩き方から、事が尋常《じんじょう》ではないことが分かる。

「開けてくれ、お願いだ！」

そんな叫《さけ》び声《ごえ》が、分厚い木の扉の向こうから聞こえてくる。

慌てたように部屋の奥《おく》からゲラルトが出てきて、扉の閂《かんぬき》を抜《ぬ》く。

「どうしました？　こんな時間に」

開かれた扉の向こうに現れたのは十二、三歳《さい》の娘《むすめ》を背負った、父親と思《おぼ》しき人物だった。

彼は必死の形相で訴《うった》えてくる。

「娘がっ、娘がっ急に倒《たお》れて、そのっ」

気持ちが急《せ》いていて言葉が追いつかない。

見れば背中の娘は、血の気の失《う》せた顔で額に汗《あせ》を滲《にじ》ませていた。

「とりあえず中へ。奥の寝室《しんしつ》を使って下さい」

ゲラルトに促《うなが》されて父親は僅かに落ち着きを取り戻す。

彼が言うには、娘がいつものように夕食作りを手伝う為に台所へ立ったところ、突然倒れたのだという。

寝室のベッドに寝かされた娘は意識も朧気《おぼろげ》なのか父親の呼《よ》び掛《か》けにも応えず、ただ苦しそうに呼吸を繰り返すだけだった。

「町長の所なら、いい薬があるんじゃないかと思って来たんだ。どうか、娘を助けてくれ！」

「すまないが……今、私の所には傷薬ぐらいしか……」

「え……」

「それに、この子は……」

ゲラルトは意味ありげに言葉を濁《にご》した。そして、

「……襟元《えりもと》を見てみなさい」

言われた父親はそろりと娘の襟元に手を掛ける。と、そこで、

「……！」

彼の相貌《そうぼう》が一瞬で絶望へと変わった。そのまま床《ゆか》に力無く頽《くずお》れる。

「そ、そんな……」

何が彼をそうまでさせたのか？　アンファングは、遠目から娘の襟元を覗《のぞ》いてみた。

――なんだ……あれは？

それは鎖骨のやや下辺りにあった。毒々しい紫色《むらさきいろ》を湛《たた》えた蜜柑《みかん》ほどの大きさの腫瘍《しゅよう》。表面に赤黒い血管のような筋を這わせたそれは、まるで生きているかのように脈打っていた。

「吸胞《きゅうほう》ができています……これではもう……」

ゲラルトが心から悔《く》やむように呟いた。ユリウスも同情するかのように目を伏《ふ》せる。

アンファングが見たことも無い不可思議な腫瘍を不審《ふしん》に思っていると、それを察したテイルがそっと手を握《にぎ》ってきてくれた。

『僭越《せんえつ》ながら、失礼致します』

脳内に彼女《かのじょ》の声が響《ひび》く。

『あれは恐《おそ》らく、吸血獣に噛まれたのだと思われます』

彼女曰《いわ》く、吸胞というものは吸血獣の毒牙《どくが》から体内に送り込まれる腫瘍生物だという。

体内に注入された極小《ごくしょう》の体細胞《たいさいぼう》が人間の血肉を養分として増殖《ぞうしょく》を開始。目に見えるまで肥大化したそれは宿主の体を全て食い尽《つ》くすまで成長し、やがて自壊《じかい》するという。

それは、人を喰らうということに関して恐ろしいまでに本能に忠実な細胞だった。

ゲラルトやユリウス、そして父親までもが諦《あきら》めたようにその場で項垂《うなだ》れていた。

それだけ打つ手立てが無く、死を待つだけのものだということだ。

町への吸血獣の襲撃《しゅうげき》は頻繁《ひんぱん》にある。その時に直接的な被害《ひがい》を避《さ》けられたとしても、こうした二次被害が起こることは少なくないらしい。

「ううっ……」

父親は頭を抱《かか》え、苦悩《くのう》するように髪の毛を掻き毟《むし》った。

彼の辛《つら》さを肌に感じながら、アンファングは思索《しさく》する。

――あの毒牙はこの為に存在していたということか。注射針の材料を知った時、ユリウスが驚いたわけだ。それにしても……本当に助ける手立ては無いんだろうか？

再度、吸胞に目を向ける。生き物のように鼓動するそれは、恐らくポンプのような役割で人間の体内から血液を吸い上げているものと考えられる。その吸い上げた血液を自身を成長させる為の養分とするのだ。ならば単純に、養分の供給源を絶てばいいのではないだろうか。父親は娘の体調が急変するまで、この大きさの吸胞に気付いていなかった。ということはそれだけ成長速度が速く、速いということは多くの栄養源を得る為にそれなりの太い血管に根を張っていると思われる。

——なら、そこを切断すれば何とかなりそうな気もするが……。

「取り除くことはできないのか？」

「無論、そうだ……。切除しようものなら、食事を奪われまいと茨《いばら》のような根が更に深く張り出し、一瞬で命を絶たれてしまうからな……」

ユリウスは当然だと言わんばかりに沈鬱《ちんうつ》な表情で呟いた。

だからといって、このまま放っておいても娘の命が奪われてしまう未来は変わらない。

——だったら、この俺が……。

アンファングは思う。門前での吸血獣との戦い。そこで力を極限まで絞《しぼ》ったことによって得られた鋭敏《えいびん》な五感。特に筋組織や毛細血管まで見通せるあの視覚と、涼の世界で得た医療《いりょう》知識があれば彼女《かのじょ》を救えるのではないかと。

——やってみる価値はあるか。

「俺に娘を救えるかもしれない案がある」

その一言で、場にいた全員が驚きの顔でアンファングに注目した。

「ほっ、本当ですか⁉」

真っ先に声を上げたのは父親だった。

そこには数々の御業《みわざ》で人々を驚かせてきた聖剣《せいけん》使いへの期待の眼差《まなざ》しがあった。

「でも……どうやって？」

「方法は教えることはできない。そして絶対に救えるという保証も無い」

「えっ……」

「それと俺が吸胞の切除を行っている間はリーナとティル以外、この部屋から退室してもらう。その条件で良ければ今から取り掛かるが？」

父親が迷った時間は、ほんの僅かだった。

「おっ、お願いします！　娘を助けて下さい！」

アンファングは静かに頷く。ゲラルトとユリウスも父親の意志に反対する理由は無い。

三人が退室したのを確認《かくにん》すると、アンファングはベッドに寝《ね》かされている娘の前に立つ。

そこで向かいにいたティルが不思議そうに訴えてきた。

「ご主人様、この者を助けてどうするのですか？」

その理由は単純に、救える力があるのに見過ごすことができないというだけだ。

しかし、それだけではティルは納得しないだろう。だから別の理由を考えた。

「俺はまだ満足のいける食事を手に入れていない。だからといって人の血を直接吸うことは避けたいと思っている。そこで考えられるのが人間との共存だ。人間がいるからこそ、吸血鬼が存在できるのだからな。その命を粗末《そまつ》に扱《あつか》ってはいけない」

「なるほど、そのような深いお考えがあるとは知りませんでした。差し出がましい発言をお許し下さい。まずは人間の信用を得て、油断している所を根刮《ねこそ》ぎ頂くと。そういう寸法で御座《ござ》いますね。さすがです、ご主人様」

「どう聞いたら、そうなるんだ……と思ったが、数パーセントくらいはその通りか」

「？」

アンファングはこの機を利用して、血液の代替品《だいたいひん》になるもののヒントを得られないかと考えていたのだ。吸血鬼王の能力と涼の知識を併《あわ》せ持った今のこの体で、人間の身体《からだ》や血液に直接触《ふ》れれば何か役立つ情報を得られる可能性がある。

無論、事態は切迫《せっぱく》しており、そんなことを悠長《ゆうちょう》にしている状況《じょうきょう》でないのだが、またとない機会なので得られるものがあればそうしておきたい。

「そうですか……そうですよね」

そこでティルが一人得心したように頷く。

「ん？」

「人間が滅《ほろ》びてしまっては、お困りになるのはご主人様ですものね。それに、あれほど美味しいものを作る者がいなくなってしまう……というのも残念です……」

ティルは持て成された食事が相当気に入ったのか、寂しげな表情を見せる。

どうやら彼女の中で人間に対する思いに変化が訪《おとず》れているらしい。

「ともかく時間が無い。早速《さっそく》取り掛かるぞ。補助を頼《たの》む」

「は、はい、かしこまりました。ご主人様」

娘の息遣《いきづか》いは、だいぶ荒《あら》くなっていた。アンファングは寝ている彼女の襟《えり》に手を掛け、胸元を開く。それで膨《ふく》らみかけの真っ白な肌が露《あら》わになった。

鎖骨の上でドクドクと脈打つ不気味な球体を注視する。それだけで視覚が極端《きょくたん》に向上している彼には、皮膚《ひふ》の下にある筋組織や血管の位置、骨の形までもが把握《はあく》できた。当然、吸胞が血を吸い上げている動脈の位置もはっきりと分かる。

彼がそこからやるべきことは魔力で吸胞の根元を切り取り、魔力で傷痕《きずあと》を塞《ふさ》ぐ。

ただそれだけの行為《こうい》。

――……これなら……。

確信を持ちながらも心の内では、それに相反する不安が燻《くすぶ》っていた。

涼として医療的《いりょうてき》知識は充分に蓄《たくわ》えたつもりだが、実際に吸胞の切除などという手術めいた行為を行うのは初めてのこと。魔力が助力してくれているとはいえ、医者としては素人《しろうと》でしかない。しかも対象は吸血獣《じゅう》と違《ちが》い、ちょっと力加減を間違《まちが》っただけで壊《こわ》れてしまいそうな繊細《せんさい》な体だ。

懸念《けねん》はまだ他にもある。吸胞が血液を吸い上げている血管は恐らく鎖骨下動脈である。脳や腕《うで》に血液を送る大きな血管の一つだ。切除すれば大量の出血が予想される。無論、魔力を応用して止血しながら切除するが、それでも充分とは言い難《がた》い。次々に心臓が送り出す血液を長い間堰《せ》き止《と》めておくことなど出来はしないのだから。手早さが肝心《かんじん》、一歩間違えれば辺りは血の海だ。それは輸血手段の無いこの世界では致命的《ちめいてき》となる。

アンファングはベッドに寝ている娘を前に逡巡《しゅんじゅん》していた。

救えるかもしれないと豪語《ごうご》してみたものの、結局そこは人の命を預かる行為。

――珍しく緊張してるのか……。この感じ……いつ以来だろうな……。

不意に、いけ好かないすかした顔の吸血鬼――その姿が頭を過ぎる。

――ヴィルフリート……。

直系十七鬼《き》、序列二位の男……。脳内でそいつの名を呟いた直後だった。

「あの……」

背後からか細い声が上がった。

振り向くとそこには、何か言いたげな顔をしたリーナが立っていた。

「どうした？」

彼女は一瞬だけ躊躇《ためら》うと、静かに口を開く。

「私にも何か……手伝えること……ない？」

「ん……」

アンファングは一瞬、戸惑った。

その申し出自体は嬉《うれ》しいが、実際何か頼める仕事があるかと聞かれれば特に無い。

だが彼女の眼差しからは、心の底から力になりたいという思いが滲み出ていた。

そんなふうに訴えてくる人間を無下にすることはできない。

「分かった。なら、そこで見ていてくれ。何かあったら呼ぶ」

口に出したところで何か違うと感じた。

——……そんな事が言いたかったわけじゃない。俺《おれ》が求める本心は……そう。

「いや……傍《そば》にいてくれ」

そう言い直すと、リーナの顔に小さな笑《え》みが広がる。

彼女はコクリと頷き、そのままアンファングのやや後ろに控《ひか》えた。

おかしなことに、それだけで緊張が解けたような気がした。

ただそこに誰《だれ》かがいる、ということからの安心感なのか？　それとも彼女だからなのか？　理由は分からないが、アンファングの背中が温かいものに包まれた。

——そんな回り道するような言い方じゃなくて、どうして最初から素直《すなお》に言えないんだろうな……。……ん？　回り道……。

「……そうか！　リーナ、早速《さっそく》仕事だ」

「えっ……？」

「俺がイビルワームから採取したチューブを知ってるな？」

「あ……うん」

「あれを離れから持ってきてくれ」

「う、うん」

「それから、お湯を沸《わ》かして、さっきの注射針と一緒《いっしょ》に放《ほう》り込《こ》んで消毒しておいてくれ」

「は……はい！」

急に振られて当惑《とうわく》していた彼女だったが、すぐに言われたとおりの行動を起こす。

間も無くして——目の前に必要な物が出揃《でそろ》うと、アンファングは宣言する。

「じゃあ、始めるぞ」

言うや否《いな》や、彼は魅了《みりょう》の魔《ま》眼《がん》を発動させた。それは魔眼の力を借りて痛みに対する暗示を娘に掛ける為。そう、麻酔《ますい》の役割だ。

——吸血鬼王が命ず。今より数刻、お前は痛みの無い世界へ誘《いざな》われる……。

薄《うす》く開いた双眸《そうぼう》から意識を掌握《しょうあく》。それで娘は納得したように瞼《まぶた》を閉じた。

それを確認したアンファングは、娘の胸元に目を向ける。研《と》ぎ澄《す》まされた五感によって切除すべき場所が明示される。しかし、すぐさまそこを切り取る訳にはいかない。

ユリウスが言っていたように、無理に切除しようとすれば血液を吸い上げる為の管が茨の棘《とげ》のように張り出し、娘は一瞬で絶命してしまう。なので、その前に吸胞の動きを封《ふう》じる必要があった。

――拘束《メーシング》。

それはリーナの足枷《あしかせ》にかかっていた魔力《まりょく》と同様のものだ。

彼が心の内でその名を唱えると、手先から無数の糸が伸び始める。黄金色《こがねいろ》に輝きながら漂《ただよ》うそれは、密度を増した魔力が糸化したもの。糸は、まるで意志を持った触手《しょくしゅ》のように蠢《うごめ》きながら吸胞全体に編み目を作って絡《から》み付く。そのまま皮膚下にある太い動脈にまで伸び、止血鉗子《かんし》の役割を果たすべく待機する。それで切除への準備は整った。

吸胞の根元に指先を這わせる。

それは吸血獣の牙《きば》を切断した際にも使ったレーザーメスのように鋭《するど》い爪。

彼は今一度、呼吸を整えると宛《あて》がった爪を躊躇いもせず、すっと横に引いた。

それだけで皮膚下の毛細血管が切れ、真っ赤な血が表面に滲み出てくる。その熟した果実の如《ごと》き紅と、そこから昇《のぼ》り立つ甘美《かんび》な香りに、吸血鬼としての本能がくすぐられる。

——む……これはすごく旨《うま》そうな……っと、そうじゃなかった。

人間の血液の代替品を作る為に、再転生してきたこの目で、その構造を探《さぐ》る。

最初こそ、そう考えていたが、実際に本物を目の前にすると平静を保つだけで精一杯《せいいっぱい》だ。

それに今は娘の命を救うことが何よりも最優先。

「リーナ」

「あっ……はい」

呼んだだけで分かったのか、彼女は用意していた物を差し出してくる。

それは短く切ったチューブの両端《りょうたん》に、注射針を取り付けたもの。

彼女がアンファングの指示通りに細工したものだ。

更《さら》に深くメスを入れて動脈を露わにさせると、組み上がったチューブ針を吸胞が寄生している箇所《かしょ》を迂回《うかい》させるように血管へと刺《さ》した。それにより心臓から流れてきた血が吸胞を避けるようにチューブの中へと送られ、また元の血流へと戻るようになる。

いわゆるところの血管の回り道《バイパス》だ。

こうすることで吸胞の活動を弱めつつ、切除時の大量出血を防ぐことができる。

——採血の為に作っていたものが、こんな所で役に立つとはな……。

血が得られなくなった吸胞は、明らかに活動が弱まってゆくのが窺《うかが》えた。

――よし……。

好機を悟《さと》った彼は、すかさず爪の先を吸胞が寄生する根元へと這わせる。

紫色の毒々しい肉にメスが入り、酸素を含《ふく》んだ鮮血《せんけつ》が漏《も》れ始める。

その刹那《せつな》、危急的事態が起こった。

突如《とつじょ》、押《お》さえ付けていた魔力の糸を振り解《ほど》くように吸胞が暴れ始めたのだ。

「!?」

丸い体をブルブルと震《ふる》わせ、まるで排除《はいじょ》されることを拒《こば》んでいるかのよう。だが吸胞には既にメスが入っており、このまま好きにさせれば血管を大きく損傷してしまいかねない。

「くそっ……動くな！　今、それをやられたら……！」

大量出血、そこからの出血性ショック死。

それだけではない、吸胞から伸《の》びた茨の棘が娘の全身を串刺《くしざ》しにする。そんな最悪のイメージがアンファングの脳裏《のうり》に浮かび上がる。

今すぐに動きを止めなくては。だからといって拘束《メーシング》の魔力を強化する為に切除しかけたその手を離《はな》すわけにもいかない。

どうにもならない状況で、早急な判断を迫《せま》られる。

焦《あせ》りと衝動《しょうどう》で、やるべきことを見失いかけたその時、思いも寄らぬことが起きた。

彼の後ろから伸びてきた手が吸胞を掴《つか》み、押さえ付けたのだ。

「なっ……」

その手の主は、リーナだった。

「お前……」

アンファングが唖然《あぜん》とする中、彼女は必死の形相で吸胞を押さえ付けていた。

しかも吸胞と彼女の手の平の合間から焦《こ》げたような煙《けむり》が立ち籠《こ》めている。

――何が起きているんだ……？　吸胞の表面が溶《と》けてるのか⁇

「今のうちに……早く……！」

リーナは苦悶《くもん》の表情で訴える。見れば彼女が押さえ付けたことによって吸胞が弱ったように動きを止めていた。どんな力が作用したのかは分からないが、今がチャンスだった。

「ああ」

アンファングは手元に視線を戻すと、素早《すばや》い手付きで吸胞を切除した。

動脈から血液が溢《あふ》れ出る前に今一度、指先に魔力を集める。すると無数の魔力の糸が放出され、宙を漂い、血管に纏《まと》わり付く。それだけで傷付いた血管は、元の状態のように綺《き》麗《れい》に縫《ぬ》い合わされていた。

チューブ針を抜くと表皮も同様に縫い合わせる。

細胞の一つ一つを元通りにしたそこは傷痕すら残っていなかった。

切除した吸胞はというと、養分の供給源を失ったことで急速に衰《おとろ》え、リーナの手の中で液状化していた。

アンファングは「ふぅ」と息を吐《は》くと、自身の両手が紅《あか》く染まっていることに気が付く。

無意識にそいつを一舐《な》めすると、こう呟《つぶや》いた。

「……終了《しゅうりょう》だ」

【断章】

「退屈《たいくつ》だ」
暗闇《くらやみ》の中で一人の男が嘆《なげ》きの声を上げた。
そこはどこかの古城。広間の最奥《さいおう》に据《す》えられた玉座に、その男は腰掛《こしか》けていた。
一見すると二十歳《はたち》前後の細面《ほそおもて》の青年。
だが、壮麗《そうれい》な銀髪《ぎんぱつ》と紅い眼、そして青白い肌《はだ》と整った顔立ちは吸血鬼のそれだ。
彼の名はディートヘルム。この界隈《かいわい》に君臨する吸血鬼である。
彼は壁際《かべぎわ》の床に視線を落とすと、不愉快《ふゆかい》そうに眉間《みけん》に皺《しわ》を寄せた。
そこでは窓辺から差し込んだ月光が、千切れた鎖《くさり》を淡《あわ》く照らしていた。
「また、あの奴隷《どれい》のことを気にしておられるのですか？」
ディートヘルムの傍で若い女の声がした。
それは漆黒《しっこく》のロングドレスに身を包んだ幽艶《ゆうえん》な女。
彼女はディートヘルムの膝《ひざ》の上に腰掛け、彼の胸に身を委ねていた。

そこから彼を見上げる女の顔には、恍惚《こうこつ》の中に嫉妬《しっと》の感情が織り交ざっていた。

「気にしている？　私がか？」

ディートヘルムは鼻で笑い飛ばす。

「ええ、気が付くといつもあそこへ視線が行っているように思われます」

「そうか……フッ」

彼は自嘲《じちょう》した。そして何かを思い返すように放置された鎖へ目を向ける。

「あれは私の大切な玩具だからね」

「……玩具？」

「遊んで、遊んで、遊び倒《たお》して、それでも決して壊れない玩具があったら、大層楽しいとは思わないかい？」

「は、はあ……」

女は良く分からないといった様子で、ただ頷いた。

「でも、そんなに大切なものでしたら、しっかりと繋《つな》いでおけば宜《よろ》しかったのに……」

「分かっていないな。大切なものだからこそ傍に置いておくと途轍《とてつ》も無く不愉快なのだよ」

「そ、そういうものですか……」

女は更に疑問を深めただけだった。

「納得《なっとく》いかないようだね」

「いえ……わたくしは、ただディートヘルム様のお心が別の女の所にあることに耐《た》えられなかっただけです……。でも、ただの玩具ですものね」

「ああ、玩具さ」

そう重ねると、女は安心したように彼に寄り添《そ》う。

「わたくしは幸せに思います。ディートヘルム様のもとでこうしていられることを……。これもディートヘルム様が、人間であるわたくしを眷属《けんぞく》として迎《むか》え入れて下さったからこそ。今でも毎日、感謝しております」

「そうか」

「さすがは序列二位であるヴィルフリート様の洗礼をお受けになった方。その慈悲《じひ》深《ぶか》さに私は幾度《いくど》となく救われて参りました」

「ふむ……」

あっさりとした返答に対し、女は心酔《しんすい》し切った表情で彼のことを見詰《みつ》めていた。

静寂《せいじゃく》が過ぎる。

聞こえてくるのは、森の中で夜の住人達《たち》が奏《かな》でる朦朧《もうろう》たる鳴き声のみ。

二人は月光に抱《だ》かれながら、眠《ねむ》るように、ただ時が過ぎてゆくことに身を任せる。

そのまま朝を迎えるのかと思われた、その時だった。

「……ん？」

目に見えない何かが、ディートヘルムの神経に触《ふ》れた。

瞼を開けた彼の端整《たんせい》な顔立ちは、不快に歪《ゆが》んでいた。

「どうされました……？」

異変を感じた女が尋《たず》ねるも、彼には聞こえていない様子。

それどころか微笑《びしょう》を浮《う》かべ、独り言のように語り出す。

「まただ。また私の犬をやった奴《やつ》がいる。……こいつは驚《おどろ》いたな」

彼は女を押し退《の》け、玉座から立ち上がる。

「先日は趣向《しゅこう》を凝《こ》らしたディナーをと思い、送《おく》り込んだ三体がやられ……今また一体……。どうやら威勢《いせい》の良い奴がいるようだね。それに最近、玩具の足枷が解かれたのも気になる。あれは並みの人間がどうこう出来るものでもない。それらが同一の者の仕業《しわざ》かは分からないが、仕置きを兼《か》ねて会っておきたいなあ。そうか、仕置きか。それも久《ひさ》し振《ぶ》りだなあ。たまにはいいよね。どんな仕置きがいいかなあ。手足をもいでから泣き叫ぶ奴を火で炙《あぶ》る、ってのはもうやってしまったから、今度は首から脊髄《せきずい》まで引っこ抜いて、そいつに自分の肉を食わせるっていうのはどうだろうか？　ああ、それがいい！　そうしよう！」

彼は次第《しだい》に気分を高揚《こうよう》させていった。先ほどまでの落ち着いた雰囲気は既《すで》にそこには無く、ただ今はどうやって相手を嬲《なぶ》り殺すか、その方法を想像しては興奮に浸《ひた》っていた。

これに動揺《どうよう》を示していた女は、そっと背後から声を掛ける。

「あの……ディートヘルム……さ⁉」

尋ね終えるよりも手が伸びる方が早かった。彼は女の腕を掴むと、そのまま自分のもとへと引き込み、容赦無《ようしゃな》くその首筋に齧《かじ》り付いていた。

「な……何を……⁉」

女はこの期に及《およ》んでまだ状況を尋ねたが、それはもう声にはならなかった。

首筋の奥深《おくふか》くまで突《つ》き立てられた牙が、女の喉《のど》を潰《つぶ》したのだ。

ディートヘルムは溢れ出す大量の血液を喉を鳴らしながら吸い上げる。

と同時に、若々しかった女の美貌《びぼう》は、老婆《ろうば》のように瞬《また》く間《ま》に変貌《へんぼう》してゆく。

そして僅《わず》かな時間の後、枯《か》れ木《き》のような肢体《したい》が床に転がった。

「どう……し……て……」

しわがれた声が疑問を投《な》げ掛ける。

これにディートヘルムは、侮蔑《ぶべつ》を込めた目を向け、吐き捨てた。

「どうしてだって？　お前は何か勘違《かんちが》いをしているようだね」

「……？」

「何が眷属だ。所詮《しょせん》は吸血鬼《きゅうけつき》の紛《まが》い物《もの》。下級貴族だなんて呼ぶ奴もいるようだが、私からしたら死人と変わらない、ただの肉塊《にくかい》だ。貴族こそが唯一《ゆいいつ》。貴族こそが真の吸血鬼なのだからな。強《し》いて言うなら、お前はすぐに壊れてしまう使えない玩具ってとこかな？　フフッ」

彼は嘲笑《ちょうしょう》すると、部屋の外に向かって歩き始める。

カツンと石の床を鳴らす音に、嘆きの声が混じる。

「ああ、それにしてもいくら腹が空《す》いたとはいえ、吸《す》い殻《がら》は飲むもんじゃないなあ。非常に不味《まず》かった……。これは口直しが必要だね。ついでに玩具も回収しておこうかな」

遠退《とおの》く笑い声と共に重い両開きの扉が閉まると、玉座の前に静けさが訪れる。

硬《かた》く冷たい床に残されたのは、乾《かわ》いた亡骸《なきがら》。

その窪《くぼ》んだ眼窩《がんか》からは、光るものが零《こぼ》れ落ちていた。

【第四章】己《おのれ》の価値

アンファングが吸胞に侵《おか》されていた娘を救ったという話は、瞬く間に町中に広がった。

その影響もあってか、彼らが街路を歩くだけで、そこかしこから声を掛けてくる者達がいる。アンファングのことを神仏のようにひたすら拝んでくる老夫婦《ろうふうふ》や、握手《あくしゅ》を求めてくる者、家でお茶でもと誘ってくる人達までいた。

一度寄生されれば助からないとされていたものを取り除いてみせたのだから、その反応も当然といえばそうなのかもしれない。

吸胞を切除した娘の回復が早すぎることや、傷痕が全く残っていないことについては、聖剣使いであることが大いに役立っていた。

彼らにとって聖剣は未知の力を秘《ひ》めた伝説級のアイテム。だからこそ、常識では有り得ないことが起こっても、ある程度は受け入れられる素養が出来上がっていた。

時は夕刻。町長宅の敷地内《しきちない》にある離《はな》れ。

アンファング達が宿として、しばらく厄介《やっかい》になっている場所だ。

そこは離れといっても小さな一軒家《いっけんや》のようで、居間と二つの部屋、そして一番奥に納屋《なや》が付いており、台所こそ無いものの三人が暮らすには充分すぎるほどの広さだった。

今、その一室にアンファングは籠もっていた。

机の上には、母屋《おもや》から借りてきた書物が山積みになっている。過去の文献《ぶんけん》を参考にし、持ち合わせている知識と併せて、これからのことに役立てられないかと探っていたのだ。

彼《かれ》はサイドテーブルに置いてある例の注射針と採血チューブに目を向ける。

それらは文献と知識を利用した最初の成果物。

——さて、ここからどうやって採血機を構築してゆくかだが……。

とりあえず、手に入りやすいチューブは使い捨てでいいとして、注射針は得られる機会が少ないので煮沸《しゃふつ》消毒して再利用することにした。

できれば感染症《かんせんしょう》を防ぐ為《ため》に消毒剤《しょうどくざい》が欲《ほ》しい。手っ取り早いのはアルコールだが、この町には果実をそのまま発酵《はっこう》させただけの醸造酒《じょうぞうしゅ》くらいしかないので、消毒には到底《とうてい》使えない。消毒として使えるような度数の高い酒を造るには蒸留するのが適当だ。

——丁度、造り易《やす》そうな小麦もたくさん獲《と》れることだし、今後の為に蒸留酒の造り方を指導しておくか……。あと足りないもので重要なのは採血ポンプだが……。

それは献血《けんけつ》などで用いられる吸引装置。多くの血を効率良く集めるには欠かせないものだ。電動で圧力を調節してくれるので吸引時に起こる赤血球の崩壊、いわゆる溶血《ようけつ》を防ぐこともできる便利なもの。

——この世界で同様のものを作り出すとなると相当困難だが、それに近いものと言えば……あの吸胞か。あれはポンプとしては、すごく最適なものだ。そもそも血を吸い上げることが目的の生き物だから当然なのだが……。しかし、さすがにアレを使うのは危険すぎるか……。それに人々の感情的なものを加味すると採用するのは難しい。そもそも吸胞を移植する事自体がかなり困難で、その方法を模索《もさく》するくらいなら新たなポンプを考えた方がいい。やはり最初は注射器から行くか。採血量は少なくなるが、それが一番確実だ。材質はこの世界で考えるならガラス製が妥当《だとう》だろう。町長の家に保存食の入ったガラス瓶《びん》があったから瓶を作る技術はあるようだし。それに繰《く》り返し使用できるという利点もある。だが、さすがにこの町にガラス職人はいなそうだ。原料となる珪砂《けいしゃ》はそこら中に存在しているので容易に手に入るが、ちゃんとしたものを作るには王都まで行く必要があるかもしれないな……。

ガラスの加工技術は他の道具にも応用できるので確保しておいて損は無い。例えば採血した血を保存しておくパックだ。輸血パックの一般的《いっぱんてき》な材質は塩化ビニールだが、勿論《もちろん》この世界に存在しているはずもない。そこで同等の保存性を考えるならガラスが最良となる。

保存時に血液が凝固《ぎょうこ》するのを防ぐ為に抗凝固剤《こうぎょうこざい》も必要になってくるが、それにはクエン酸ナトリウムの調達が不可欠。

——だが、現状それを手に入れることは困難だ。かなり不充分だが柑橘系の果汁で代用するしかないだろうな。人間に輸血するわけではないので凝固を遅らせることができればそれでいい。

とりあえずだが、採血方法の構築にある程度の展望が見えてきた。その上で今できることは……。

——注射器本体の試作か……。だが、どうしたものか……。

行き詰《づ》まったところで一旦《いったん》思考を取り止《や》めた。

その理由は先程《さきほど》から気になることがあったからだ。

「そこで何をしてるんだ？」

アンファングは誰もいないはずの室内に向かってそう尋ねた。

すると、ベッドの上に固まって置かれていた掛け布が、呼びかけに反応するようにピクリと動いた。しばらくすると、掛け布の塊《かたまり》がむっくりと起き上がり、解けたその隙間《すきま》から灰髪《はいはつ》と円《つぶ》らな瞳《ひとみ》が現れる。

「……どうして……分かったの？」

リーナが、ばつが悪そうな表情で聞いてくる。

「どうしてもなにも……それでバレないと思ったのか？」

「う……」

アンファングはこの部屋に入った時から彼女の気配に気が付いていた。

というか、気配云々《うんぬん》以前に不自然な塊がベッドの上にあれば嫌《いや》でも目に入る。それでも
敢《あ》えて触れずに置いたのだが……さすがに気になって声をかけたのだ。

「で、結局、何がしたかったんだ？」

「ええっと……それは……」

彼女はモジモジとしているだけで、なかなか理由を話そうとしない。

それに、よくよく見れば包《くる》まった布の隙間から見え隠《かく》れする姿は、肩口《かたぐち》が大きく開いた
キャミソールのような服装で、それが下着だと言っても差し支《つか》えない程《ほど》の薄着《うすぎ》だった。

彼女はそのまましばらく沈黙《ちんもく》していたが、ふと思い切ったように口を開く。

「あの時から……まだ吸ってもらってないから……」

「それって……」

あの時とは恐らく、湖に吸血獣を倒しに行った時のことだ。そこで血の提供を申し出て
きた彼女だったが、アンファングが吸わなかったことをまだ気にしているらしい。

「今度こそ……吸ってもらいたいと思って」

「だから、それは前にも……」

「私なら……大丈夫《だいじょうぶ》……」

すぐ触れることのできる近さに絹のような白肌《しらはだ》があることに気付く。上気した皮膚が、窓辺から差し込む茜色《あかねいろ》の陽光によって、より一層朱色《しゅいろ》を濃《こ》くする。首筋から鎖骨《さこつ》を通り、胸元《むなもと》に続くライン。露わになっているその肌の下に熱く流れるものを感じる。

ゴクリ
自分の喉が鳴る音を聞いた。

彼女は緊張《きんちょう》した面持《おもも》ちで、じっと動かず彼のことを待っている。

それは今に始まった訳じゃない。

彼に吸ってもらう為に彼女はずっとその場所で、その格好で、待ち続けていたのだ。

誰にも憚《はばか》らず公然と血を吸える。こんなチャンスは又《また》と無《な》い。

甘美な香りに誘われるように、アンファングの手が彼女へ伸びる――。

「って、そうじゃない！」

一瞬《いっしゅん》だけ生じた妄念《もうねん》を頭《かぶり》を振《ふ》って払《はら》い落とす。と、それに呼応するように彼女はビクッと体を震わせた。

アンファングは溜息《ためいき》を吐きながら尋ねる。

「どうして、そこまでしようとするんだ？」

「だって……妻だから。夫婦《ふうふ》は一蓮托生《たくしょう》。夫が困ってる時は助けないと……」

「……は？」

一瞬、目が点になる。

――もしかして……俺が皆《みな》の前で嫁《よめ》だと言ったことを鵜呑《うの》みにしてるのか？

「一応言っておくが……リーナを嫁として紹介《しょうかい》したのは、あの場を取り繕《つくろ》う為の方便だからな？」

「えっ……」

彼女はそれを聞いた途端《とたん》に瞬《まばた》きが止まり、茫然自失《ぼうぜんじしつ》としていた。まるで糸が切れた操《あやつ》り人形《にんぎょう》のようにガックリと肩《かた》を落とし、遠い目でベッドの上の一点を見つめたままだ。

――これはまた、分かり易く落ち込んだな……。

「まあ……そう紹介してしまった以上、とりあえず表向きはそういうことにしておくが」

「うん」

そう言ってやると、陰鬱《いんうつ》だった彼女の顔が急に晴れやかになる。

そのまま白い首筋をこちらに向け、

「じゃあ……改めて……どうぞ」

「っ⁉　だから、それとこれは別の話だ！」

「……そう？」

「ああ」

「でも……お礼の意味もあるから」

「礼だと？」

彼女は僅かに逡巡する。

「私の血……おいしいって言ってくれたから……」

「……そりゃ自分の作った料理を旨いと褒《ほ》められたなら、また作ってあげようと思うことはあるかもしれないが、体に流れる血はそういうもんでもないだろ」

「え……えっと、そうなんだけど……それだけじゃなくて、ご主人様には色々もらってるから……。襲《おそ》われているところを助けてもらったり……この服とか……おいしい食事や、暖かな寝る場所も……ご主人様に出会ったからこそ……」

「だからといって、それらがリーナの血に見合うかっていうと、そうでもないだろ？」

そこで彼女はハッとなる。

「ご、ごめんなさい……一日一回じゃ足りなかった？」

「そういうことを言ってるんじゃないんだが！」

「でも大丈夫……今、一日三回吸ってもらう覚悟《かくご》を決めたから。体力的に私にはそこまでしかできないけれど……それでなんとか……」

「っ⁉　いや、俺が言ったのは、そういう意味じゃなくてだな……。血をもらうほどの事を俺はしていないって言ってるんだ」

「そ、そんなことは……」

アンファングが言い切ったことで、彼女《かのじょ》は困ったような表情を浮かべた。

しかし、すぐに顔を上げる。

「でも……この気持ちは嘘《うそ》じゃないと思う……。それだけのことをしてもらったから……。私なんて存在する価値が無い、、、、、、者なのに……」

「ん？　今、なんて言った？」

「えっ……？　それだけのことをしてもらった……？」

「違う、そこじゃない。そのあとだ」

「存在する価値が無い者……？」

リーナは不安そうに言葉を辿《たど》った。

「誰が、そんなことを言ったんだ？」

「……」

彼女は急に口を噤《つぐ》んだ。

瞳が僅かに震えたような気がしたが、彼女はすぐに首を傾《かし》げて自嘲する。

「ええっと……誰でしょう？　もしかしたら自分でそう思ってるだけかも……」

「……」

アンファングは目を細めた。

「あまり自分の価値を低く見積もらない方がいい。そんなことをしていると、いつの間にか言葉の呪縛《じゅばく》に引きずられて本当に価値の無い人間になってしまうからな」

「……」

――っと、らしくない事を口走ってしまったか……？

「ともかく……だ。少なくとも俺にとってのリーナは価値のある存在だと思うが？」

「私に……価値がある……？」

リーナは信じがたいといった面持ちでいた。

ぼんやりと佇《たたず》む彼女は未《いま》だ薄着のままだ。キャミソールの肩紐《かたひも》が落ち、胸元も危《あや》うい感じになっている。

「それはそうと……なんだ……その……そろそろ服を着てくれるとありがたいのだが……」

「えっ……あ……」

リーナは今更《いまさら》、自分の格好に気付いて、慌《あわ》てたように掛《か》け布《ぬの》を引き寄せた。

自分で脱《ぬ》いでおきながらも素の状態では、やはり恥《は》ずかしいらしい。

ベッドの縁《ふち》に腰掛けたまま着替《きが》え始めた彼女。それにアンファングは背を向けると、衣《きぬ》擦《ず》れの音を後ろに聞きながら話し始める。

「これだけは言っておく。もし、俺がリーナに対価を求めることがあったとしても、それは血じゃない」

「どうして？」

「人を傷付けてまで吸うのは、俺の流儀《りゅうぎ》に反するというか……単純に好かないからだ」

着替え終わった彼女はアンファングの前に回り込んできて言う。

「私なら……平気」

その言葉は虚勢《きょせい》でも、嘘でもなく、事実そうだと彼女の顔は言っていた。

アンファングもその言葉については何も疑ってはいなかった。

実際、彼女の首には彼が吸血した、あの時の傷は無い。真実、平気なのだ。

なぜなら、それは――。

「ダンピールだからか？」

「えっ……」

アンファングは何の躊躇いもなく、そう口にしていた。

ダンピール。それは人間と吸血鬼の混血であることを示す名だ。

但《ただ》し、実際にダンピールが生きていたという記録はほとんどと言っていいほど残っていない。それはダンピールというものが非常に不安定な存在だからだ。

普通《ふつう》、人間の女性が吸血鬼の子を身籠《みご》もることになるが、多くが早期に流産となり生まれることは無い。仮に運良くそれを乗り越《こ》えたとしても、受胎《じゅたい》期間が人間のそれとは比べものにならないほど長く、寿命《じゅみょう》を全《まっと》うしても尚《なお》、出産に辿り着くことはない。

――だが例外はある。膨大《ぼうだい》な血と魔力を以《もっ》て、胎のみを生き長らえさせるという方法が……。

アンファングは彼女の姿を見つめる。

ダンピールは、吸血鬼と同様に驚異的《きょういてき》な再生能力を持っていると伝えられている。

彼女の血を吸血した際も、通常では考えられない量の白血球と血小板が確認《かくにん》できた。しかも、それら血液成分を制御《せいぎょ》する未知の物質（ダンピール固有の物質）の存在も認められた。実際、彼女の首の傷も驚異的なスピードで修復されたことから、その能力を保有しているとみていい。

アンファングの思いがけない問いかけに、リーナは動揺を隠せないでいた。

「あ、あの……」

「いや、勘違いしないでくれ。俺《おれ》はそのことを責めた訳でも、否定した訳でもないぞ？

ただ、ダンピールだからといって自分の体を粗末《そまつ》に扱《あつか》うのはどうかと思っただけだ」

すかさずフォローすると、彼女は小さく首を振った。

「ううん……そうじゃなくて……どうして分かったの？　私がダンピールだって……」

「なんだ、そんなことか……。それは以前、リーナを吸血してしまったことがあっただろ？

あの時に分かった」

「そんな前から……」

彼女は目を丸くする。

「俺には口に入れたものの成分を判別できる能力があるのは知ってるだろ？」

「あ……うん」

彼女は湖で小石を口に含んだ彼のことを思い出していた。

「吸った血の中にダンピールしか持ち合わせていない物質が混ざっていたからな。それで
分かった」

「ということは……前にもダンピールの血を吸ったことが……？」

「ん……そういう訳ではないが……」

――どちらかというと、血の中に俺の知っている遺伝子情報があったから……なのだが。

釈然《しゃくぜん》としない答えに彼女は首を傾げる。

「とにかく……もう一度言うが、いくら傷の回復が早いからって、そんなに簡単に首筋を差し出すもんじゃない」

「わ……分かった……じゃあこっちで」

そう言って彼女は少しだけスカートを捲《まく》ると、羞恥心《しゅうちしん》を抑《おさ》えるようにして太腿《ふともも》を差し出してきた。

「場所の問題じゃないんだが！」

「……？」

彼女はきょとんとするだけだった。

「……そのことは、もういい」

アンファングは額に手を当て、説明することを諦《あきら》めた。

「それよりも、気になってることがあるんだ」

「何？」

「手を見せてくれないか」

「手？　……こう？」

小さな手の平がアンファングに向けられる。それは白くて柔《やわ》らかそうな手だったが、つぶさに窺うと指先や指の間に火傷《やけど》のような痕《あと》が僅かに認められた。

そのまま手を取り間近で見てみるが、それ以外に異常は認められない。

「ふむ……」

「……」

彼は吸胞の切除を行った時から、ずっと気になっていたのだ。

娘《むすめ》の生死を分ける重要な場面で起こった吸胞の拒絶《きょぜつ》反応。それを押さえ込《こ》む為にリーナが手を伸ばした。お陰《かげ》で無事、娘は助かったが、その際に彼女は両手に傷を負ってしまった。一時は手の平が火傷したように爛《ただ》れていて、かなり酷《ひど》い状態だったが、そこはダンピールの回復力、常人では考えられない速度で元の状態に戻《もど》ってきていた。

「ほぼ、完治といった感じだな……」

「……」

アンファングの言葉に、リーナは嬉《うれ》しいような苦しいような複雑な表情をみせる。

「そういえば、吸胞に触《さわ》ったせいでこうなったと言っていたが……本当は違《ちが》うだろ？」

「ん……？」

「今だから言えるが、あれはダンピールが持つ〝吸血鬼を滅《めっ》する力〟じゃないか？」

ダンピールは不老不死である吸血鬼を唯一、滅することができる存在だと言い伝えられている。現に彼女からの吸血を制止することができたのは、途中《とちゅう》でダンピール特有の物質〝吸血鬼を滅する力〟の存在に気付いたから、というのが大きかった。

「俺がここ最近で調べた中に吸胞に触れて爛れたという事例は無かったからな。それは多分、滅する力によって溶かされた吸胞からの〝反射熱〟を直接、手の平に受けたから……じゃないだろうか」

「……そうなの？」

「そうなの？　って、自分でやってて分かってなかったのか？」

「何かの力があるのは知ってたけど……そんなに大したものじゃないから……。あの時は、ただ必死だっただけで……」

――そうか、そこまでハッキリとした滅する力があるなら、吸血獣《じゅう》も一人で倒せていたはずだ。ってことは、吸胞を押さえ込むくらいの本当に微量《びりょう》な力ってことだろうか？　そして、彼女は自分の手がこうなるとは知らずにやってしまった……とか？

そのまま思考を巡《めぐ》らせていると、

「あ……あの……」

彼女が言い難《にく》そうにしていた。

「ん?」

「その……手……もういい?」

「む……」

指摘《してき》され、未だに彼女の手を握《にぎ》ったままだと気付き、慌てて手を離す。

と、そこで彼女が不思議そうにこちらを見てきていることに気付いた。

「どうした?」

「ううん……出会った時もそうだったけど……ご主人様はどうして……私の身を案じてくれるのかなと思って……。それに町の人のことも……。吸血鬼なのに……」

「吸血鬼なのに……か」

アンファングはクスリと笑った。

「?」

「俺がやってることはそんな大層なもんじゃない。例えば大通りを馬車が猛《もう》スピードで暴走していたとしよう。そんな馬車の目の前に、年端《としは》もいかない幼子が不用意に飛び出してしまった。それは、もうどうあっても助からないタイミング。無残に轢《ひ》き殺されてしまうイメージしか浮かばない。その様子を自分だけが目撃《もくげき》していたとしたらどうする?」

「え……」

「普通の人間なら救えないだろう。だが俺は人間じゃない。吸血鬼だ。そして、そんな無《む》茶《ちゃ》とも思える状況《じょうきょう》を覆《くつがえ》すことのできる力を持っている。なのにも拘《かか》わらず目の前で起きようとしている惨事《さんじ》を無視できるほど俺は無関心ではいられない。ただ、それだけのこと」

アンファングは遠い記《き》憶《おく》を思い返す。

救うことができなかった一人の女ヴァンパイアハンターのことを。

──本当はそれが切っ掛けなのかもしれないが……。

追憶《ついおく》に浸るのは僅かな間だった。

「他に言えることといったら……なんだろうな」

彼は考えを巡らせるように天井《てんじょう》を仰《あお》ぐ。そして、

「俺も半分、人間だから……か？」

「……えっ？」

リーナは、彼が何を言い出したのか呑《の》み込めずにいた。

それもそうだろう。半分人間と言って真っ先に思い付くのは、リーナと同じダンピールという存在だ。しかし、彼は吸血鬼。

──じゃあ、そんな事を言い出した俺は一体、何だ？　って話だからな……。

「ああ……言い方が悪かったな」

「？」

「気持ちは半分人間ってことだ」

「……⁇」

彼女は更《さら》に疑問を深めた。しかし、やや間があって、

「それなら……半分こ同士だね」

リーナは何かが腑《ふ》に落ちたように、すっきりとした顔で微笑《ほほえ》んでいた。

「半分こ同士……」

生物的に人間と吸血鬼が半々の彼女と、人間としての人生を歩んできた吸血鬼。

――ある意味、そういうことなのかもしれないな……。

柄《がら》にも無く感慨深《かんがいぶか》くなっていると、先程の彼女の笑顔《えがお》が脳裏《のうり》に浮かぶ。

彼の中で何かが固まって形を成した瞬間《しゅんかん》だった。ここが自分の考えを伝えておく丁度良い機会だと思い立ち、彼女の瞳を真《ま》っ直《す》ぐに見据《みす》える。

「リーナに改めてハッキリと話しておきたいことがあるんだが、いいだろうか？」

「えっ……⁉」

彼女の体は不意をつかれたように震《ふる》えた。顔もほんのり赤い。

「いっ、今⁉　こ、心の準備がまだ……あの……ちょっと待って……」

「……」

何を勘違いしているのか、リーナは深呼吸を何度も行って緊張を解そうとしていた。

「な……なな、何？」

「あー……えっと、今のうちに俺が吸血に関してどう考えているかをリーナに伝えておこうと思ってな」

「……」

そこまで聞いた彼女は、期待していた話と違ったのかガックリと肩を落とした。

「……何の話だと思ったんだ？」

「表向きの妻じゃなくて、正式な告白かと………あっ」

つい正直に答えてしまった彼女は自分が何を口走ったのか理解した途端、ハッとなって顔を真っ赤に燃やす。

「……」

「……続けていいか？」

「あ……うん」

「えー……とだな。俺は基本人間から血を吸うことは考えていない。しかし現状では強い吸血衝動《しょうどう》に駆《か》られた場合、それを百パーセント自制できる自信は無い。だから俺は人間の血を諦める訳ではなく、それと同等の役割を果たす代替品《だいたいひん》を作り出すか、または人を傷付けずに血を分けてもらう方法を編み出そうと考えている。延《ひ》いてはそれが人間と吸血鬼の共存に至ると。だが、これには解決して行かなければならない問題が多々ある。そこで、この話をした理由だが……手伝って欲しいのだ。リーナに」

「私に……？」

思いがけない依頼《いらい》に彼女は目を丸くした。

「私が……ご主人様の役に立つ？」

「ああ、その自覚が無いか？」

「……」

「吸胞を切除したあの時、リーナが傍《そば》にいてくれなかったら大変なことになっていただろう。そういう意味では、これまでもリーナには助けられている。それに……」

アンファングは自分で切り出しておきながら言い淀《よど》む。

「……それに食事の時や、今もそうだが、俺の為に……その……なんだ……色々、考えてくれているというか……」

——な……何を言ってるんだ俺は……!?

自身のもどかしさに苛立《いらだ》ちを感じる。アンファングにとって誰《だれ》かから、そんなふうにされるのは決して初めてのことではない。現にティルには身の回りの世話をしてもらっているし、自分のことを考えてくれている。だが、信用や信頼《しんらい》とは違う何か。言葉では上手《うま》く表現出来ないが、リーナから受けるそれには何か特別なものを感じているのは確かだった。

「とにかく……そういうことだ」

「……」

それだけでもリーナには、彼が何を言いたいのか理解できたようで伏《ふ》し目《め》がちになる。

「だから思ったのだ。リーナなら力になってくれるのでは……と。まあ俺の身勝手な考えだけどな」

そこで彼女はブルブルと首を横に振った。

「ぜっ、全然そんなことない……。私にできることなら……手伝う」

「そう言ってくれると助かる」

「うん……」

彼女は嬉しそうに頷《うなず》いた。

「じゃあ早速《さっそく》、頼《たの》まれて欲しいのだが」

「……何？」

アンファングがベッドに腰掛《こしか》けると彼女はその隣《となり》に座《すわ》り、本格的に話を聞く体勢になる。

「町の住民から、これくらいの小瓶《こびん》を集めてきて欲しいのだ」

彼は人差し指と親指を使って大きさを示す。

「瓶……？」

「不要になったものだけでいいが、できるだけ数が欲しい」

「うん……分かった。でも、何に使うの？」

「注射器を作りたいと思っている」

「……ちゅっ、ちゅうしゃき⁇」

当然のことだが、リーナはその単語を聞いても何のことだかさっぱりな様子だった。

「注射器というのは薬剤《やくざい》を体内に注入する為の医療《いりょう》器具のことなのだが、これは逆に人間の血を吸引することにも使えるのだ。それを採血と言うのだが」

「それをたくさん作るの……？」

「いや、まずは試作品を一つ作ってみようと思っている。それが上手く行けば量産の方向へ向かうかもしれないが。とにかく注射器というものは主に筒状《つつじょう》のシリンジと押子であるプランジャーから成り立っていて、その二つが隙間無くピッタリと合わさっていなくてはならない。ガラス職人がいれば、それも一から調整できるのだが、今は丁度良い大きさのものを探すしかないのだ。まあ、ある程度であれば、ユリウスに研磨《けんま》してもらうことで微《び》調整ができるが。それにシリンジとプランジャーをより密着させる為には結局表面を磨《す》りガラス状にした上で油を添加《てんか》しなければならないからな……って聞いてるのか？」

先程から黙《だま》っているリーナに尋《たず》ねる。だが、反応が無い。

代わりに肩の辺りに重みを感じた。

「あ……」

見れば彼女はアンファングの肩に体を寄せ、気持ち良さそうに寝息《ねいき》を立てていた。

――おい……このタイミングで寝るか、普通……。

面食らったアンファングは、彼女の体に手を伸《の》ばそうとして止める。

――森で出会ってからここまで、ずっと目まぐるしかったからな……。相当疲《つか》れが溜《た》まっていたんだろう。ここは寝かせておいてやるか……。

まるで憑《つ》き物《もの》でも落ちたかのように、彼女の寝顔は安堵《あんど》に包まれていた。

彼は穏《おだ》やかに眠《ねむ》るリーナを見守るように、しばらくそのままでいることにした。

†　†　†

リーナは夢を見ていた。

それは脳裏に刻まれた凄惨《せいさん》な記憶……。

一つの燭台《しょくだい》の灯《あか》りのみが揺《ゆ》れる、薄暗《うすぐら》い場所。湿気《しっけ》を吸った石壁《いしかべ》には一面、カビが生えていて、周囲に饐《す》えたような青臭《あおくさ》さを振り撒《ま》いている。

そんな場所に彼女は監禁《かんきん》されていた。

膝《ひざ》を突《つ》いた足には枷《かせ》が掛けられ、そこから伸びる鎖《くさり》は鉄球に繋《つな》がっている。両手首は縛《しば》り上げられ、天井にある滑車《かっしゃ》から吊《つる》されていた。一切《いっさい》、身動きが取れない状態である。

そして、体は悲鳴を上げていた。

ボロボロに破けたヴァンパイアハンターの制服。その合間から覗《のぞ》く白肌には、刃物《はもの》で斬《き》り付けられたかのような傷が無数に赤い血を滲《にじ》ませていた。

垂れ下がった灰髪の向こうで、彼女の顔が苦痛に歪《ゆが》む。

——多分、肋骨《ろっこつ》が折れている……。そして、左足も。

それぞれの場所が熱を持って、ジンジンと震えているのが分かる。あまりの痛みに泣き叫《さけ》びたくなるが、そんな事をしても無駄《むだ》であると既《すで》に彼女は悟《さと》っていた。下手に声を上げれば、更なる苦痛が自分の身に降りかかってくるからだ。

——それに、もう少しすれば……。

しばらくすると、彼女の傷口から微《かす》かな蒸気が立ち上り始めた。瞬《また》く間《ま》に傷口は塞《ふさ》がり、瘡蓋《かさぶた》になってゆく。胸の中ではコトコトと音がして骨が元通りに結着してゆくのを感じた。左足も同様に。それが、ダンピールである彼女に備わった能力だった。

リーナは力尽《ちからつ》きたように瞼《まぶた》を閉じる。痛みはまだ残るものの、先ほどよりは落ち着いていた。それが傷を負った動物としての本能なのか、憔悴《しょうすい》しきった体に唐突《とうとつ》な睡魔《すいま》が襲ってきたのだ。手首を縛る鎖に体を預け、項垂《うなだ》れる。

そんな時だ。

カツンという床《ゆか》を踏《ふ》み鳴らす音で、リーナの体は反射的に震え、目を見開いた。

ゆっくりと近付いてくるその音に、彼女の顔が恐怖《きょうふ》に染まる。

間も無くして、錆《さ》びた鉄格子《てつごうし》が金切り声を上げる。と、足音の主が姿を現した。

細身の体に、整った顔立ち。青白い肌《はだ》に、長い銀髪《ぎんぱつ》、そして紅《あか》い眼。

それは紛《まが》うこと無く、吸血鬼《きゅうけつき》の容貌《ようぼう》。

「おや、もう治ったみたいだね」

青白い顔をした青年は、鋭《するど》い犬歯を見せて笑った。

それはまるで、壊《こわ》れた玩具《おもちゃ》が直って返ってきたことを喜ぶ少年のような笑《え》みだった。

愉悦《ゆえつ》する彼とは裏腹に、リーナは血の気の失《う》せたような顔で呼吸を乱していた。

「なんだ、怖《こわ》いのかい？」

青年が下から覗き込むと、彼女は蛇《へび》に睨《にら》まれた蛙《かえる》のように硬直《こうちょく》する。

「まだそんな感情が残っているとはね。ダンピールの癖《くせ》に」

その言葉にリーナの心が締《し》め付けられる。

「いい加減自覚して欲《ほ》しいね。お前自身、生まれながらに無価値であることを。そんな奴《やつ》に恐怖する資格なんて無いのだよ。ほら、また震えている。忘れたのかい？　私がお前をここに連れてきた日のことを。あの時のお前は、ただ母親の幻想《げんそう》にすがるだけのヴァンパイアハンターだった。それもただ自分を認めて欲しいが為《ため》のね。なぜかって？　それは、お前という存在が必要とされていないからだろう？　違うか？」

「……」

──ヴァンパイアハンター……？　そうだった……私もお母さんのように……。

でも今となっては、彼女の意識を支配するのは苦しみと痛みでしかなく、その記憶すら曖昧《あいまい》になりつつあった。

「すぐに傷が癒《い》えてしまうその体、いつまでも若い肉体、異質なものは集団に受け入れてはもらえない。それは全ての動物が持つ本能だからね。狼《おおかみ》の群れに豚《ぶた》が入り込《こ》もうったって弾《はじ》き出されるか、食い殺されるかのどちらかでしかない訳だ。たとえその豚に狼の血が流れていると言い張ってもね。その道理でゆくと当然、吸血鬼はお前の穢《けが》れた血を受け入れはしない。だが……私だけは違う」

そこで青年は、不気味にほくそ笑んだ

「受け入れようじゃないか。お前という穢れた存在を。但し、お前は私の〝人形〟であり続けるのだ。先ほども言ったように、無価値な存在に感情を持つ資格は無いのだからね」

「……」

リーナは全てを諦めたかのように虚空《こくう》を見詰《みつ》める。その瞳から光が消えた。

「いい子だ」

そう言うと青年は彼女の襟元《えりもと》に鋭い爪《つめ》を引っ掛け、縦に引き裂《さ》いた。

それでもリーナは無感情だった。

首筋から胸元にかけて走る血管が、白い肌の内側に透《す》けて見える。

青年は一旦、自身の口元に手をやり感覚を確かめると、その鋭い牙《きば》を彼女の首筋へと持ってゆく。

尖端《せんたん》が肌に触《ふ》れようとした瞬間、彼女の体がピクリと僅《わず》かに反応した。

直後、青年の顔が不快に歪む。

「くっ……役立たずが！」

忌《い》まわしいものとでも言うように眉《まゆ》を顰《ひそ》め、身を離《はな》す。その面持ちは憤然《ふんぜん》としていた。

「穢らわしい血の臭《にお》いだ。まったく、苛々《いらいら》してくる……」

彼《かれ》の苛立ちは、そのまま彼女に向けられた。青年はスッと右手を水平に挙げると、手の平に力を込め、拘束《メーシング》の魔力《まりょく》を発現させる。

それだけで彼女の肉体が、見えない鎖で縛られたかのように圧迫《あっぱく》された。

「うっ……！」

リーナは激痛に顔を引き攣《つ》らせる。

「まだ分からないようだね。お前のことは誰も必要としていないということをッ！」

腹立たしさに身を任せ、青年が手を握り締めると、同時に彼女の体が締め上げられる。

「……うぐっ⁉」

リーナは唇《くちびる》を噛《か》み、声を殺した。頭の中に全身の骨が砕《くだ》けてゆく音を聞く。

「どうだ？　幸せだろう？」

そこで青年が、状況に不釣《ふつ》り合いな言葉を投《な》げ掛けた。

「その痛みを感じている時だけ、お前はお前の存在を認められる。その痛みを与《あた》えてやっているのは、この私だ。だからこそ、お前がどこへ行こうとも必ず私の下へ戻ってくる。さあ、もっと泣け！　叫べ！　そして、全てを捨ててしまえ！」

「……」

リーナは痛みという感覚すらも曖昧になり始めていた。

意識が遠退《とおの》いてゆくのが分かる。

――でも、分かる。これでも……また死ぬことはできない……。

無限に繰《く》り返される苦しみ。それを思い出しただけで気が変になりそうになる。

むしろ、壊れてしまった方がどれだけ楽か……。

――誰か……。

それでもまだ、自分の中に欠片のような僅かな願いが残っていることに驚《おどろ》く。

一体、誰が自分のような〝無価値な存在〟を助けてくれるというのだろうか？

薄《うす》れゆく意識の中で、彼女は母親の言葉を思い出していた。

『あなたの存在は、彼《か》の人の為に』

その言葉の意味は、どこにあるのだろう？

リーナは母の胎内《たいない》で、その言葉を繰り返し聞かされてきた。

彼《か》の人の為に、誰かの為に、人の為に――。

リーナはずっと、自分が誰かの為になるというのなら、それは母のようなヴァンパイアハンターになることだと思っていた。だから生まれながらにひ弱で、特別な力も持っていない、そんな体でありながらも、その言葉を信じて母の背中を追ってきたつもりだった。

でも本当の意味は、そこには無いのかもしれない。

その言葉には〝彼《か》の人〟に届けたいという強い思いが籠《こ》もっていた。

〝彼《か》の人〟というのは恐《おそ》らく、夢の中に幾度《いくど》となく現れる〝あの人〟のことだ。

あの人が、今もこの世界のどこかに存在していたとしたら……。

——自分のような存在も、誰かの為になれるのだろうか？

そう思った途端、少女の中で何かが解《ほど》けて溶《と》けた。

——そうか、これが……私の中に残る……欠片。

真っ白に消えてゆく意識の中で、自分のことを呼ぶ声が聞こえてくる。

「……ナ」

少年の声だ。

強さと鋭さに溢《あふ》れ、それでいて優《やさ》しさが滲む声。

「リー……ナ……」

その声に引き上げられるように、少女は夢から目を覚ました。

【第五章】面影《おもかげ》

翌日、リーナは朝食を取るや否《いな》や、アンファングに頼まれたものを集める為、早々と外へ出掛《でか》けて行った。しかも誰かに頼《たよ》りにされるのが余程《よほど》嬉《うれ》しいのか、玄関前《げんかんまえ》で挨拶《あいさつ》を告げる際の彼女の顔は出会った頃《ころ》から比べるとだいぶ晴れやかだった。

そこには昨日、夢にうなされていた時のような苦しげな様子は無い。

そんな彼女を送り出すと、アンファングは別の仕事に取り掛かる。

彼にとって一つ気掛《きが》かりなことがあったからだ。

それはヴェルクラウツの門前で倒《たお》した三体の吸血獣のことだ。

湖で主と化していた吸血獣は本能的に人を襲う野犬型《ストイフンド》だったが、門前に現れたのは使《し》役者《えき》へ食料を運ぶことを命じられている猟犬型《ヤクトフンド》だった。

自分が放った吸血獣が戻らないと知れば、使役者である吸血鬼が自ら出てくる可能性が高い。それに猟犬型《ヤクトフンド》を送り込《おく》んできたということは、当然その吸血鬼は腹を空《す》かせているという証拠《しょうこ》だ。だから、真っ先に人を襲うはずである。

アンファングにとって、その敵を排除《はいじょ》するのは容易《たやす》いことだが、強大な力を持った吸血鬼同士がぶつかり合った場合、町や住民に全く被害《ひがい》が出ないとも言い切れない。

それに吸血鬼としての力を使えば正体がバレてしまう可能性がある。

だから何か良いアイデアはないものかと町長宅の母屋《おもや》に赴《おもむ》き、例の書庫を漁《あさ》っていた。

それは丁度、一冊の本を取り上げた時だった。

「ここにいたのか」

小部屋の外から声がした。

見れば凛《りん》とした面立《おもだ》ちの青年が書棚《しょだな》の間から顔を覗かせていた。ユリウスだ。

彼は機嫌《きげん》良さそうに中へ入ってくる。

「先日の吸胞の件、見事だった。しかも宿主に後遺症《こういしょう》も無いそうじゃないか。さすがは聖《せい》剣《けん》使い」

「いや、たまたま運が良かっただけさ」

「相変わらず謙虚《けんきょ》だな。それで、ここで何を？」

「この世界の歴史や技術を紐解《ひもと》くと色々と新たな発見があってな。それを見ているだけでも楽しいんだ。言わば、趣味《しゅみ》というやつか」

「ほう、そのわりにはかなり根を詰《つ》めているようにも見えるが？」

彼はアンファングの足下《あしもと》に山と積まれている読みかけの本を見ながら、勘繰《かんぐ》るような物言いで尋ねてくる。

「それだけ興味をそそられるものがあるってことさ」

「そういうものか。だがしかし、よくそれが読めるな」

アンファングが持つ本を見ながら言う。

「そこにある本は以前、私も読んだことがあるのだが全く理解が出来なかったのでな。聞けばクルス殿《どの》には古代王朝の知識があるとか？　だからこそ解読できるのだろうが……」

「興味があるのか？」

「いや、ただ私にもその本が読めれば何かの足しになるのかなと思っただけだ」

「そうか。で、俺に何か用か？　たまたまここに来たという訳じゃあるまい？」

ユリウスは目を細める。

「ああ、そうだったな。何か有用な情報は見つかっただろうかと思ってな」

唐突に意図的な尋《たず》ね方《かた》をしてきた。

「というと？」

「ここ最近のクルス殿の動きから、何か始めようとしているのではないかと思ってな。それに今も本を楽しむという割には、時間に追われているような気がした。本当は何か別の目的があって読んでいるのではないか？」

「相変わらず、鋭いな」

「フッ、ただ気になったというだけだ」

アンファングは、この問題を水面下で解決することを望んでいた。公に口にすれば無用な混乱を招くだけだからだ。だが……。

アンファングはクスリと笑う。

「やはり、ユリウスには誤魔化《ごまか》しは効かないな。実は気掛かりなことがあってな」

そこで彼の表情が少し引き締まったものになる。

「先日の猟犬型《ヤクトフンド》のことか」

「さすがだな。そこまで分かってるなら話が早い。近くこの町に吸血鬼が現れる可能性が高い。だから何か良い対抗策《たいこうさく》はないかと過去の文献《ぶんけん》をあたっていたんだ」

「ふむ……それは私も可及的速《かきゅうてきすみ》やかに行わなければならない案件だとは思っているのだが」

事態は切迫《せっぱく》しているというのに、なぜだか彼の反応は鈍《にぶ》い。

だがその理由は明らかだ。この付近に君臨しているディートヘルムという吸血鬼は貴族であるという。吸血鬼ならまだしも、ヴァンパイアハンターが貴族を討伐《とうばつ》したという前例は、過去に於《お》いてもただの一つも無いからだ。

人間にとって貴族は全く以て太刀打《たちう》ちできない圧倒的《あっとうてき》な存在であり、ヴァンパイアハンターの間でも貴族に出会ってしまったら武器を放り捨ててでも、とにかく逃げ延《にの》びろと言われているほどなのだ。それに聖像結晶機《イコン》を失ってしまった今の人類に、貴族と渡《わた》り合うような力は無い。だからこそ彼は苦悩《くのう》していた。住民を守らなくてはという思いと、それが自分の力では敵《かな》わないということに。

「今までは、どうしていたんだ？」

「住民を地下壕《ちかごう》に避難《ひなん》させたり、忌避物《タリスマン》である十字架《じゅうじか》を多めに配置することぐらいだ。それでも貴族に対しては無意味に等しい。あとは私と自警団の皆《みな》で被害を最小限に止《とど》めることくらいしかできないのが現状だ」

「やり過ごすことぐらいしか出来ないと？」

「……そういうことだ。だから、クルス殿が何かしようとしているのなら、それを手伝わせて欲しいのだ」

「買い被《かぶ》りすぎだ。実際、俺はまだ何も解決策を見出《みいだ》せていない。とにかく今の俺にできることは、ここにある書物を読破することとくらいだな」

軽い調子で手にしていた一冊を本棚《ほんだな》に戻し、次に一番上の棚《たな》に目を向ける。

「あとはこの列だけか……」

何気なくそう呟《つぶや》くと、それを耳にしたユリウスは瞠目《どうもく》する。

「⁉　まさか……もう、そんなに読んでしまったのか……？」

「まあ、前世では引き籠もって本ばかり……じゃなかった、ただ読み慣れているだけだ。そのお陰で必要な情報だけを手早く取捨選択《しゅしゃせんたく》するのは得意だからな」

「それでも、こんな短期間でそこまで読めるなんて……すごいな……」

彼は溜息《ためいき》を混ぜながら本気で感心していた。

「クルス殿にかかれば、読めぬものなど無いといった感じだな」

言った直後、彼は自分が口にした言葉を切《き》っ掛《か》けに何かを思い出したようで、ハッと目を見張った。

「ん……そうか！　クルス殿なら、もしかしたらアレを読めるかもしれないな……」

「ん……アレとは？」

彼は本棚の真横に置かれていた革張《かわば》りの箱の中から、一冊の本を取り上げた。

それは棚にある本とは違い、古ぼけてはいるが豪奢《ごうしゃ》な装丁《そうてい》で、紙質も良く、見るからに製本された時代が違うように思える。

「この本なんだが……私も読んでみたことがあるのだが、全く読めないのだ」

そう言ってアンファングに差し出してくる。

「読めないって……この本に限ったことじゃないんじゃないか？」

「ああ、読めないという点ではそうだな。しかし、これは他とは違う意味で読めないのだ」

「それはどういう……？」

「うむ……これは少々、奇《き》っ怪《かい》な話なのだが……。この本は読もうと思ってページを捲っても、いつの間にか最初のページに戻ってしまうのだ」

「は……？」

「本当に不思議なのだが……一行目の一文字に目を移そうとした瞬間、意識が飛んだようになって、気付いた時には最初の白紙のページが目の前にあるのだ。一応、これも先祖から受け継《つ》がれてきたものでもあるのだが、気味が悪くてな……。それはともかく、無理を承知でこれを読んでみてくれないだろうか？」

「なるほど……事情は分かった。それなら試《ため》しに読んでみるか」

言うと彼から、その本を受け取る。すると、本の表面がアンファングの手に触れた瞬間、微弱《びじゃく》の電気が走ったような違和感《いわかん》を覚えた。

――ん……？　こいつは聖力《ソリス》じゃない……魔力か？

確かにそれは魔力だった。だが、ハッキリと断言しなかったのは、それがアンファングの知らない魔力だったからだ。言うなれば、複数の魔力回路を繋ぎ合わせ新造したオリジナルの魔力とでも言うべきもの。

——しかし、この程度ならば……。

アンファングは表紙に手を置き、意識を集中させる。すると、本の表面に視認《しにん》するのが難しいほどの速さで光が走る。それだけで魔力の解析《かいせき》と分解が完了《かんりょう》していた。リーナの足枷《あしかせ》を外した時と同じ要領である。

——なるほど、隠匿《いんとく》系の魔力と時間系の魔力を主軸《しゅじく》に、いくつかの魔力を複合させた感じ。それによって、この本は幻《まぼろし》を見せられたかのように意図的に読めなくされている訳か……。この魔力、強《し》いて名付けるなら……幻惑《イルジオ》ってところか……。

アンファングは魔力の解けた本を改めて見据え、最初のページを捲《めく》った。

本来そこに書かれていたものが紙の上に浮《う》かび上がる。

「これは……」

図《はか》らずも驚きの声が漏《も》れる。

それは技術書だった。しかも——聖像結晶機《イコン》の。

そこには実際の図面から製造方法、使用する素材の詳細《しょうさい》までもが詳《くわ》しく書かれていた。

アンファングは身震《みぶる》いする。

——材料集めや技術者を育てるのに時間はかかるが……こいつがあれば、聖像結晶機《イコン》をこの世界に復活させられるかもしれない……。この本が人類にとっての希望であることは間違《まち》い無《な》い。しかし、なぜこんな所にあるんだ？

本に幻惑《イルジオ》の魔力をかけたのは吸血鬼であることは確か。この世で魔力を使えるのは吸血鬼しかいないからだ。魔力をかけた理由は、ここに書かれていることが吸血鬼にとって脅威《きょうい》だから、というのが自然。

ならば何故《なぜ》、燃やしたり、破壊《はかい》したりしなかったのか？

それは出来なかったからだ。この書棚にある本全てに言えることだが、保存の為の聖力《ソリス》が付与《ふよ》されている。中でも、この聖像結晶機《イコン》についての技術書は一際《ひときわ》強力な聖力《ソリス》で守られている。そこで消滅《しょうめつ》させることが出来ないのなら、読めなくしてしまおうということなのだろう。

——聖像結晶機《イコン》は教会の技術。ということは教会が滅《ほろ》ぶ前に何処《どこ》かに託《たく》していたものが長い年月を経《へ》て、ころり転がり偶然《ぐうぜん》この町に行き着いた……というところか。だが、これが人類にとってのチャンスであることは変わらない。吸血鬼との力の均衡《きんこう》を保つ為には、なんとかしてこいつの製造を進めていく必要があるだろう……。

「どうした？　何か分かったのか？」

本を持ったまま考《かんが》え込《こ》んでいる姿が気になったのか、ユリウスがすかさず尋ねてくる。

「ああ、ここに吸血鬼に対抗《たいこう》する手段が書かれている」

「な、なんだって⁉」

驚嘆《きょうたん》し、詰め寄ってくる彼に対し、アンファングは本の中身を見せた。

そこには今までは読むことの出来なかった文字が書かれている。

それで彼は二度、驚愕《きょうがく》した。

「クルス殿であれば読めるかもしれないとは言ったが……まさか私にも視認出来るようになるとは……これは一体どういうことだ？」

「この本には魔力がかけられ、封《ふう》じられていた」

「聖剣使いには、それを解く力がある……！」

「察しがいいな」

――相変わらず〝聖剣使い〟というものに便乗してしまっているが、便利だから仕方が無い。

「そこに吸血鬼への対抗手段が書かれているというのなら運がいい。やはり私には、この古代文字は読むことができないが、クルス殿ならそれを役立てることができるのでは？」

「確かに、ここに書かれているものは人類にとって大きな力となるもの。だが、それを今すぐに……という訳にもいかないのだ。しっかりとした準備が必要だからな」

「貴族の襲撃《しゅうげき》には間に合わないと？」

「ああ、そういうことだ」

彼の顔は苦渋《くじゅう》に満ちた。

しかしアンファングは、そんな彼の気持ちとは裏腹に、ある確信を得ていた。

本の内容とは無関係だが、吸血鬼の襲撃に使える有益な情報を獲得《かくとく》していたからだ。

――これは使えるかもしれない……。

一人、悦《えつ》に入っていると、ユリウスが訝《いぶか》しげに見てきていることに気が付く。

そんな彼に向かって、アンファングは不敵な笑みを浮かべた。

「それはさておき、手伝ってもらいたいことがあるのだが」

「？」

唐突にそう言われた彼は目を丸くするのだった。

†　　†　　†

アンファングはとある計画をユリウスに伝えると、それを実行に移す為の準備を彼に依頼した。自分はその間、石壁の修復や農作業の指導を行ったり、他に改善できる箇所《かしょ》はないか町を見て回る。

一日は短い。そうこうしているうちに夕方となり、丁度今、間借りしている離《はな》れへと帰ってきた所だった。

「お帰りなさいませ、ご主人様」

玄関《げんかん》の扉《とびら》を開けると、すぐにそんな声が聞こえてくる。

メイド服姿のティルは、いつものようにそこで主の帰りをじっと待ち続けていた。

中に入って室内を見渡《みわた》すと、彼女《かのじょ》以外の気配を感じない。

「リーナは、まだ帰ってきてないのか?」

「ええ、相当張り切っていましたからね。ご主人様の期待に応《こた》えようと頑張《がんば》っているのでしょう」

「そうか」

――まあ、材料が多くあって困ることはないしな……。

「それはそうと、お疲れでございましょう。すぐにお休みになりますか?」

「いや、まだいい」

窓外の空が赤と紺《こん》のグラデーションに染まる頃合《ころあ》いだった。

彼が居間にある椅子《いす》に腰掛けると、すぐに彼女が傍へ寄ってきて尋ねる。

「では、お体をほぐしましょうか？　結構、自信があるんです。こんな時の為に常日頃《つねひごろ》から練習を積み重ねて参りましたから」

　言いながら目の前で揉《も》み込むような手付きをして見せる。

「そ、そうなのか？　だが、そんなに凝《こ》ってはいないからなあ……」

「ならば、湯浴《ゆあ》みなどはいかがでしょう？　温《ぬく》もりは心を癒やすと言いますし」

「風呂《ふろ》か……しかし、それだけの量のお湯を用意するのは温泉でも湧《わ》いていなければ難しいだろ」

　この世界での風呂は天然の温泉でもなければ水浴びが主体だ。あとは少量のお湯を沸《わ》かして体を拭《ふ》くぐらいである。

「桶《おけ》に水が張ってさえあれば、わたくしの力ですぐに沸かすことが可能でございます」

「ん？　そんな能力、ティルにあったか？」

「ご主人様が快適にお過ごしできるよう、わたくしは日々、自身の能力の研究と向上に努めておりまして、この度《たび》、どこでも湯浴みが出来る方法を編み出すことに成功したのです。これには絶対にご満足いただける自信がありますので是非《ぜひ》、ご主人様にお試しいただきたいのです」

　彼女は身振《みぶ》り手振《てぶ》りで、やや興奮気味に訴《うった》えてくる。

アンファングもその勢いに圧倒《あっとう》されて、

「そこまで言うのなら……頼もうか」

「はいっ！　承知致しました。では、すぐに御用意致《ごよういいた》します」

ティルは満面の笑みを浮かべると、すぐさま部屋を出て行った。

離れの裏手にある井戸の傍に、目隠《めかく》し用の柵《さく》で囲まれた場所がある。そこが水浴び場だ。

それほど広くない場所だが、敷《し》き詰められた床石と湯船と呼んでも差し支《つか》えない大きさの木桶《きおけ》があり、一見すると露天風呂《ろてんぶろ》のような雰囲気《ふんいき》がある。

程《ほど》なくして準備が整ったとティルが言うので、アンファングはそこへ赴き、衣服を脱《ぬ》ぐ。

中に入ると木桶の湯船に張られた水から温かそうな湯気が立ち上っていた。

「おお、本当に沸いてるじゃないか」

感心しながら軽く体に湯をかけ、湯船に浸《つ》かる。

「あぁー……」

筋肉の弛緩《しかん》と共に、思わず声が漏れた。

――やはり風呂はいい。疲れが取れるだけでなく、温もりが思考に没入《ぼっにゅう》させてくれる。

思わず伸びをする。すると湯船の底に沈《しず》んでいた硬《かた》い物に腰《こし》の一部が触れた。

「ん？　何だ？」

不審《ふしん》に思い、お湯の中に手を入れると、長い棒のようなものを見つける。

それを掴《つか》むと、じんわりと内部から熱を感じた。今はそこまでは熱くないが、恐らくこれがお湯を沸かしている熱源に違《ちが》いない。一体どんなものなのかと、お湯の中から引き上げてみた。直後、彼の目が点になった。

「こ、これは……」

手にしたものは、青みを帯びた一振《ひとふ》りの剣《けん》だった。

しかもそれは、間違うはずもない見慣れたもの。魔剣《まけん》ティルヴィング。

『あ、あの……ご主人様……。その持ち方は……少し、くすぐっとうございます……』

剣を掴んでいる手から、そんな声が伝わってくる。

「えっ⁉　あっ、すまん！」

どこか変な持ち方をしてしまったのではないかと慌《あわ》てて手を離すと、湯船の中に落ちた魔剣は、そのまま人の姿へと変化した。やや赤ら顔だが、いつもの彼女の顔が現れる。

だが、その格好が問題だった。玉のような水滴《すいてき》を弾く白肌《しらはだ》。そこへ濡《ぬ》れた青髪《あおかみ》が艶《なま》めかしく張り付く。眼前にあったのは、ティルの一糸まとわぬ生まれたままの姿だったのだ。

「ちょっ……何やってんだ⁉」

アンファングは動転しながら彼女に背を向けた。

「はい、お湯が冷めないようにと保温しておりました」

「いや、そうじゃなくて！　なんでそんな格好なんだと聞いているのだが」

「服を着ていては濡れてしまいますが？」

「そりゃまあ、そうだが……そういうことを言いたいわけでは……」

「あとは、ご主人様のお背中を流して差し上げようと思いまして、待機しておりました」

「背中を流す……だと？」

——風呂が沸いたと言われた時から、どうも姿が見えないなあと思ってたら……ずっとここで待ってたのか……。

「では早速《さっそく》ですが、お流ししてもよろしいでしょうか？」

「いっ、いや、ちょっと待て！」

「はい？　何でございましょう？」

すぐ真後ろから彼女の声がする。この湯船は二人で入るには、かなり狭《せま》い。それ故《ゆえ》に体の一部が時々触れ合って、終始気が気でない状態だった。

「これは、さすがにマズいだろ……」

「……と仰《おっしゃ》いますと？」

「だから、その……男女が裸《はだか》で風呂に入り、その上、背中を流してもらうという行為《こうい》がだ」

「そう……で、ございますか??」

耳元から聞こえてくる口調からは、理解できないといった様子が伝わってくる。

「そりゃそうだろ。こういうのはその……ん？　そういえばどうしてマズいと思ったのだろうか……」

――以前は、こういうことでこんな気持ちになったことは無かった。これも転生の影響《えいきよう》だろうか……？

「気のせいでございましたか？　では改めまして、お背中を……」

ちょっと考え事をしていた隙《すき》に彼女の温かい手が背中に触れる。

「ちょっ、待てっ!!」

「はい??」

あんまり強く声を張り上げたのでティルは慌てたように体を震《ふる》わせた。

ついでにその反動で背中に柔《やわ》らかいものが当たって絶句する。

「……!?」

「ど……どうなさいましたか？　どこかお体に障《さわ》りましたでしょうか？」

「い、いや……大丈夫《だいじようぶ》だ」

――ダメだ……このままでは、まともな精神状態ではいられない……。とりあえず、ここは別の話題を振《ふ》って、なんとか意識をそちらに向けるしかない……。

「あ……ああ、そういや、氷雪の剣とも言われているティルヴィングで、こんな風にお湯を沸かせるとは思わなかったな」

「高温と低温は表裏一体《ひょうりいったい》でございます。物を冷やす為にはエネルギーが必要で、そのエネルギーから出た熱は、いずれ廃熱《はいねつ》しなくてはなりませんから」

——まるでエアコンか、冷蔵庫みたいだな……。

「では、そろそろお背中を……」

——戻《もど》ってきただと⁉

「あー……一つ尋《たず》ねるが……」

「はい、なんでございましょう？」

「なぜ、そこまで背中を流すことに拘《こだわ》るんだ？」

「特に拘っているという訳ではないんですが、ご主人様もしばらくお風呂に入っておられませんでしたので、この機会に綺麗《きれい》になって頂きたいという、その思いのみにございます」

「そうか……」

「あの……」

「何だ？」

「差し出がましい質問で大変恐縮《きょうしゅく》なのですが……ご主人様は何故《なにゆえ》に、そこまでお背中を流すことを気になさるのでしょうか？」

「え……そりゃ、その行為自体は別に気にはしないんだが……。問題は、格好だ」

「格好……ですか？　この格好に何か問題が……？」

背後で彼女が自分の姿を確認《かくにん》するように動いているのが分かる。

どうやらティルには、主に対しての羞恥心《しゅうちしん》とかそういったものの類《たぐ》いが欠如《けつじょ》しているようだ。だから平気で素肌《すはだ》を彼の前に晒《さら》すことができる。しかも、今までアンファング自身もそのことを気にしたことは無かったのだから、当然と言えば当然である。

――だが、今の俺《おれ》はそうもいかない。目の前でそんなものをチラチラ見せられたら、どうにかなってしまいそうだ。

「その理由は……恥《は》ずかしいからだ」

「恥ずかしい……？　もしや……今、ご主人様は恥ずかしいというお気持ちを抱いておられるのですか？」

「ま……まあな……」

「そ、そうでしたか……ご主人様がわたくしとこうしている際に……そんなふうに感じていらしただなんて、知りませんでした……」

思いながら彼女は自分の姿を再確認する。次いで、目の前にあるアンファングの背中へ視線を移した。首元から背筋に流れ落ちる水滴を追うように、目で撫《な》で下ろすと、彼女の中に感じたことのない感情が芽吹《めぶ》き始める。

顔に血が集まるのを感じて、アンファングの背中から慌てて視線を逸《そ》らした。

「……っ⁉」

「どうした？」

「いえ……もしかして、これが恥ずかしいという気持ちなのでしょうか？　体が……とても熱いのです……。こんな感覚は初めてです……」

彼女は途端《とたん》に羞恥心が繁茂《はんも》し始めたようで居ても立ってもいられず、あたふたしながら両腕《りょううで》で体の前を隠《かく》し、肩《かた》まで浸かるよう湯船の中に沈み込んだ。

――なんだ……こっちまで恥ずかしさが増してきちまったじゃないか……。いや、むしろこれは俺が余計なことを言って墓穴《ぼけつ》を掘《ほ》ったパターンか？　しかし、このままじゃ状況《じょうきょう》が変わらないな……。

「ティル」

「はっ、はいっ⁉　なんでございましょう？」

彼女の体がビクッと震え、水面が波立つ。それは明らかに先ほどまでとは違う反応。

「そろそろ出ないか？」

「えっ……何故でしょうか？」

「なぜって、このままじゃ恥ずかしいだろ？」

「それは、そうですが……」

「状況を整理しよう」

「？」

「この状態、俺も恥ずかしい。そして、ティルも恥ずかしい。ということは、早々にここを出ることが互《たが》いにとって一番良い選択《せんたく》なんじゃないだろうか？」

「ですが……今、外に出ると……その…………」

「どうした？」

「み……見えてしまいます……」

そう言った直後、彼女の体が一段と熱を持つ。

「ならば、俺が先に出よう」

「!? そ、それはお待ち下さい！　わたくしが困ります！　ご主人様の素肌を目に入れるなどという無礼な行為は、わたくしには耐《た》えられません！」

「目を瞑《つぶ》ってればいいじゃないか」

「それはそうなのですが……ご主人様がわたくしの前をあられもない姿で歩いていると想像するだけで耐えられる気がしません」

「想像力豊かすぎるだろ！　じゃあ俺の方が背中を向いてるからティルが先に出ればいい」

「そ、そうですね……。では、そうさせていただきます……」

彼女はそれで納得《なっとく》したようで、後ろでごそごそと動き始める。

――しかし……自分で言い出したものの、これはこれで緊張《きんちょう》する……。彼女が耐えられないと言った気持ちも今更《いまさら》ながらに良く分かる。すぐ真後ろに彼女のそんな姿があると思うだけで気が気でない。

と、そこで、ちゃぷんと波打つ音がして、ティルが立ち上がった気配がした。

ここで振り向けば、どんな光景が目の前に飛び込んでくるのかは大体想像できるが、今のアンファングにはそんなことができる度胸は無い。

――そうそう、いいぞ。そのまま速《すみ》やかに……。

水の音を聞きながら、ようやく安らぎの時間が訪《おとず》れる……そう安堵《あんど》しかけた時だった。

「や……やっぱり、出ません！」

「なんだ……と⁉」

再び彼女が勢いよくしゃがみ込んだせいで、お湯が少々湯船の外に溢れる。

「ちょっと待て……何やってんだ。出るんじゃなかったのか？」

「思い直しました。なぜなら、ご主人様ご自身に体を洗わせる訳には参りませんから。お仕えする者として、そのようなことは絶対にあってはなりません。それに、わたくしがいなくなっては、お湯が冷めてしまいます」

「いや、そんなことよりも耐え切れないくらい恥ずかしかったんじゃないのか？　我慢《がまん》する必要は無いんだぞ？」

「羞恥心など、ご主人様の為《ため》ならばどうということはありません。それに……わたくしのような貧相《ひんそう》な体でよろしければ、いくらでもご覧になって頂いて差し支えございません」

彼女はそう言うが、一度芽生えてしまった感情は完全に拭《ぬぐ》い去ることはできないようで、やはり先ほどと同じようにアンファングの背後でじっとしているだけだった。

「あのなあ……」

なぜティルは、そこまでしてアンファングに尽《つ》くしてくれるのか？

それは彼女を救った過去があるからに他ならない。だからこそ、アンファングに対して従順であり、忠義を尽くしてくれていた。

多くを助けてきてくれた彼女。だがそれも、彼《かれ》が〝吸血鬼王《きゅうけつき》アンファング〟であるからこそ。そう、彼女が忠誠を誓《ちか》っているのは純粋《じゅんすい》なアンファングの人格であり、来栖《くるす》涼《りょう》という混ざり物が入った人格ではない。

そう思ったら、彼の中に出来心にも似た、僅《わず》かな興味が生まれた。

「こんな時になんだが……ティルに尋ねたいことがあるのだが、いいか？」

「えっ……はい、なんでしょう？」

「ティルは今みたく俺のことを常に考えてくれている。それは、すごくありがたいことだ。だが、そんな俺がもしかしたら、ティルの主ではなかったら？　ということは考えたことはないか？」

「はい？　申し訳ございませんが、わたくしには、そのお言葉の意味が理解できないのですが……」

「休眠《きゅうみん》明けに言ってただろ。俺の雰囲気が前と変わったように思えると。そこで例えば、俺の中身に別の人格が入り込んでいたら……ってことだ」

「それは無いですね」

「え……」

それは数瞬《すうしゅん》の迷いも無く、即答《そくとう》だった。

「魂《たましい》の色を見れば分かります」

「魂の……色？」

「はい、わたくしが剣になった際に、お持ちになったその手からご主人様の魂の色が伝わってきます。その色は今も昔も同じです。それに、わたくしは主と認めた者にしか使えない魔剣。この身に刻まれた魂の色と異なる色の者が触《ふ》れれば、たちまち闇《やみ》に精神を喰《く》われてしまうでしょう。それが証拠に今のご主人様はわたくしを自在に使っていらっしゃる」

――それはつまり……魂の生体認証《にんしょう》みたいなものってとこか。

「ですから、わたくしのご主人様への恩義や忠誠は何も変わりません。なぜなら魂が同じなのですから」

「なら、実際にそうだと俺が言い張ったらどうなる？」

「はい、もしも、ご主人様が仰《おつしや》るようなことが本当に起きていたとしましょう。それでも、今のご主人様から頂いた思いや、優《やさ》しさは、わたくしが知っているご主人様のものと何ら変わりはありません」

「そうか……」

「むしろ、別の人格というのならば、それはわたくしの方かもしれません」

「……？」

「ご主人様がお目覚めになってからというもの、ただの魔剣でしかなかったわたくしの中に、今まで感じたことの無い、いくつかの感情の存在を認識《にんしき》しつつあります」

「俺は何か、まずいことをしてしまったか？」

「いえ、その逆です。上手《うま》く申し上げられませんが、良かったと思っております」

「ふむ……」

そこでアンファングは、今がこれからのことを話す丁度良いタイミングだと判断した。

「ティル」

「はっ、はい」

「今度は現実の話なんだが」

「はい」

ティルの声が引き締《し》まるのを感じる。

「近く、吸血鬼と剣を交えねばならない状況になる可能性が高い。同胞《どうほう》が相手だが……それでも変わらず使えるか？」

「もちろんでございます。わたくしの心はいつでも、ご主人様と共にありますので」

「うむ……」

その言葉を聞いてアンファングは、心の内のモヤモヤが晴れた気がした。

先ほどまで風呂を出る出ないの騒動《そうどう》が嘘《うそ》だったかのように、心の平穏《へいおん》と湯の温かさによって微睡《まどろ》みに誘《いざな》われそうになる。

そんな時、ティルが思い出したように声を上げた。

「あっ、そうでした。お背中を流さなくてはなりませんでしたね」

「えっ……!?」

有無《うむ》を言わさず、お湯を含《ふく》んだ柔らかい布が彼の背中に押《お》し当てられる。

結局、その後はティルに背中を流してもらうことになったのだが……彼の背中を撫で下ろす彼女の手は、心無しかリズムに弾《はず》んでいるように感じるのだった。

† † †

「これが……注射器?」

リーナは透明《とうめい》なガラスの筒《つつ》を眺《なが》めながら呟いた。

ここは離れにある一番奥《おく》まった部屋。今はアンファングが工房《こうぼう》として使っている場所だ。

そこでアンファングは完成した注射器を彼女の前でお披露目《ひろめ》していた。

「ああ、これで一応試作品としては完成だな。これもリーナが頑張ってくれたからこそだ」

「ううん……」

彼女は謙虚《けんきょ》に首を横に振るが、口元を僅かに綻《ほころ》ばせ、嬉《うれ》しそうにしていた。

彼らの傍《そば》にある机の上には多くの小瓶《こびん》が並んでいる。それらは全てリーナが住民から集めてきてくれたもの。その中でサイズが合いそうな二つを選び出し、ユリウスに研磨《けんま》してもらって微調整《びちょうせい》。重ね合わせることでシリンジ（筒）とプランジャー（押子）とした。

シリンジの先をアンファングが高温の火力を持つ業火《イグナ》の魔力《まりょく》を使って加熱。ガラスが柔らかいうちに突起《とっき》を作って穴を空けた。

そのままでは適当に空けた穴なので針基《はりもと》がなければ注射針を固定できない。そこで例のイビルワームのチューブを間に仲介《ちゅうかい》させ、針を取り付けた。伸縮性《しんしゅくせい》のあるチューブはサイズに関してある程度の融通《ゆうずう》が利《き》くのだ。

その他に必要となったのはプランジャーに添加《てんか》する潤滑油《じゅんかつゆ》。普通《ふつう》の注射器はシリコーン油が使われているが、同様のものを得るのは難しい為、この世界で一般的《いっぱんてき》な照明に使われている油豆の油分を塗布《とふ》して代用した。見た目はお世辞にもスマートとは言えないが、一応これで注射器としての機能を果たすものが出来上がっていた。

「じゃあ今回は、これでひとまず……」

そう言って棚の引き出しに、完成した注射器をしまおうとした時だ。

「あの……使わないの？」

「ん？」

「試しに……使ってみたりとかは？」

リーナが不思議そうな顔をしたので、アンファングは小さく笑う。

「ここまで作っておいて……と思うのが当然か」

「？」

「俺もどんな具合か試してみたいのは山々なのだが……。実際、町の人間にこいつを使って血を採らせてくれ……って言ったらどんな反応が返ってくると思う？」

「え……と、それは……」

彼女は困ったような顔を見せる。

「恐《おそ》らく不審に思われるだろう。だから上手い言い訳が思い付くか、または吸血鬼として公然と頼《たの》むことができる状況が出来上がるまでは、こうしておくしかないって訳さ」

「……」

リーナはしばし沈黙《ちんもく》した後、遠慮《えんりょ》がちに口を開く。

「それって……私じゃ……ダメ？」

「え……それは……」

「何か……無理な理由でも？」

「いや、そんなことは無いが……」

「じゃあ……私で試して」

「……」

アンファングからすれば、出来上がったものがちゃんと機能するか確かめておきたいというのが正直な所だ。それに折角《せっかく》の申し出を断る理由も無い。

「そうだな……分かった。では頼もうか」

「あ……うんっ」

彼女の顔に明かりが灯《とも》る。アンファングは早速、準備を整えた。

「それじゃ、そこに座《すわ》ってくれ」

「うんっ」

木製の丸椅子に座った彼女は、血を抜《ぬ》かれることがそんなに嬉しいのか体が楽しそうに揺《ゆ》れていた。早速、腕《うで》を出してもらい、通常の静脈《じょうみゃく》採血と同様の方法を取る。

「じゃあ、行くぞ」

「……うん」

さすがに針を刺《さ》す時になると、先程《さきほど》までの浮かれ具合《ぐあい》は鳴りを潜《ひそ》め、緊張気味になる。

アンファングはチューブに繋《つな》がった注射針を肘窩《ちゆうか》に宛《あて》がうと、躊躇《ためら》わず挿入《そうにゆう》した。

「ん……」

痛みに反応して、吐息《といき》にも似た声が漏れる。

すかさずプランジャーをゆっくりと引くと、真っ赤な鮮血《せんけつ》がシリンジの中に溜《た》まってゆくのが分かる。ものの数十秒で筒の中は血液で一杯《いっぱい》になった。

「よし、これで終わりだ」

「ふぅ……」

リーナは思わず安堵の息を吐《は》いた。針を抜くと、持ち前の回復力で傷痕《きずあと》が一瞬《いっしゅん》で塞《ふさ》がる。

アンファングは採血した血液を余っていた別の小瓶へと移すと、急場しのぎの抗凝固剤《こうぎょうこざい》としてケプルの実を搾《しぼ》る。それで蓋《ふた》を閉じた。

その小瓶を明かりにかざすと、中に入っている鮮烈《せんれつ》な赤が宝石のように輝《かがや》く。

「綺麗だ……」

「えっ……そ、そう……かな？」

彼女は自分の血を褒《ほ》められて嬉しそうに赤面する。

「あ……いや、血のことだぞ？」

「ん？　あ……うん、わかってる……」

「……」

勘違《かんちが》いされそうだったので思わず言い訳するが、寧《むし》ろそれが逆に変な意識を生む。

「と……とにかく、ちゃんと注射器として使えそうだ。実験台のようなことをさせてすまなかった。礼を言う」

「ううん……私が言い出したことだし……別に」

「それじゃあ、これ」

アンファングはそう言って、今採血したばかりの小瓶をリーナに渡《わた》す。

「え……これは、どういう？」

思わず反射的に受け取ってしまった彼女は、目を丸くした。

「……飲まないの？」

「今はな。だが必要になったらもらうかもしれない。それまでリーナが預かっていてくれ」

彼女は少しの間、悩《なや》んだ様子だったが、すぐに納得した表情を見せる。

「うん……わかった」

小瓶を大事そうに両手で握《にぎ》り締めると、腰に付けていた小さなポーチの中へとしまった。

すると彼女は急に黙《だま》り込んでしまい、場に妙《みょう》な沈黙が過ぎる。それは、いつ話を切り出そうか迷っているようだった。それでも時間にしたら大した間では無い。彼女は意を決したように真顔になると、その顔をそのままアンファングに向ける。

「あの……近々、何かあるの？」

「何のことだ？」

「ご主人様が、最近……ユリウスさんと何か準備してるみたいだから」

「……」

アンファングは彼女に本当のことを伝えるべきか迷っていた。

近いうちに吸血鬼の襲撃があるかもしれない。それに対する準備であるのだが、その吸血鬼というのがリーナと関係しているのではないかと感じていたからだ。

ディートヘルム。ゲラルトの口から、その吸血鬼の名が出た途端、彼女が僅かに動揺《どうよう》していたのをアンファングは知っている。そんな理由もあって、内密に事を運ぶつもりでいた。だが彼女の様子を見る限り、薄々《うすうす》勘付《かんづ》いているようだ。

——隠し通せるものでもないか……。

「ああ、吸血鬼の襲撃に備えて、ちょっとな」

「そう……」

彼女の反応は予想に反して、あっさりとしたものだった。

そこには以前のような動揺の色は窺《うかが》えない。それどころか今までの淡《あわ》い表情が嘘であったかのように、引き締まった顔つきで彼の前に立っていた。

そして、静かに言葉を紡《つむ》ぐ。

「私にも……できること……ある？」

そこには強い意志と決意が表れていた。

† † †

リーナは胎内《たいない》にいながら幾度《いくど》となく同じ夢を見ていた。

それこそ小さな細胞《さいぼう》でしかない時から。

夢の中でのリーナは彼女の母親――ハンナ・シリングスそのものだった。


ハンナは深い森の中を彷徨《さまよ》っていた。

ヴァンパイアハンターの証である純白の教会服に身を包み、腰には最上位武器にして至宝とまで言われる七天使級十字剣《ディヴァインクラス》。心身には聖力《ソリス》が満ち足り、戦いや死に対する恐怖《きょうふ》は存在しない。まさに教会最強と謳《うた》われるに相応《ふさわ》しい風格。

だからといってそこに無骨さは無く、むしろ長い黒髪《くろかみ》と精緻《せいち》に整った面立《おもだ》ちからは気品が溢《あふ》れていた。

そんな彼女は独自に収集した情報から、この瘴気《しょうき》が漂《ただよ》う森に吸血鬼王の根城があると推測し、その居城を突《つ》き止《と》めようと単身乗《の》り込《こ》んでいた。

しかし、状況はあまり良くない。感覚を惑《まど》わすような魔力か、はたまた不可視の結界でも張られているのか、同じ場所を数日にわたって歩かされていた。

体力も食料も尽きかけている。だが一旦退却《いったんたいきゃく》しようにも、既《すで》に元来た道すら何者かの力によって隠匿《いんとく》されている。

彼女は、足を止めた。

疲弊《ひへい》感から、ふと空を見上げる。だがそこには、鬱蒼《うっそう》とした木々に薄靄《うすもや》の瘴気が漂う光景しか存在しない。思わず長息した直後だった。

森が不自然な静けさに包まれた。

背後に威圧《いあつ》感を覚えて振り返ると、既にそこには紅《あか》い目をした青年が立っていた。

ハンナは思わず剣を抜いて後退《あとずさ》る。そして直感的に理解した。

彼が──吸血鬼王アンファングだと。

互いに睨《にら》み合ったまま幾許《いくばく》かの時が流れる。すると不意に、彼の方から口を開いた。

「かかってこないのか？」

それは穏《おだ》やかだが体の芯《しん》に響《ひび》く声。そしてこの状況を楽しんでいるかのように窺えた。

ハンナは剣を握る感触《かんしょく》を確かめるが、動き出す切《き》っ掛《か》けが掴めない。

彼女《かのじょ》が何もしてこないと見るや、アンファングは含み笑う。

刹那《せつな》、彼の姿が霞《かすみ》のように消えた。

「！」

次に知覚した時には、ハンナの体は彼の懐《ふところ》に抱《だ》かれていた。

――……喰われる。

即座《そくざ》に脳裏《のうり》に浮《う》かんだのは喉元《のどもと》を食い破られる自分の姿。しかし体に力が入らず、抵抗《ていこう》するどころか、その腕から抜け出すことすらままならない。

死を予感した直後だった。

鋭《するど》い爪《つめ》を持った指先が彼女の黒髪の表面をそっと撫でたのだ。

「……」

何が起きているのか？　それを理解するより先に彼は耳元で囁《ささや》く。

「ならば、私のものとなれ」

その言葉を聞くや否《いな》や視界は闇に閉ざされ、次に景色が飛び込んできた時には彼女の目の前に荘厳《そうごん》な気配漂う黒金の城が鎮座《ちんざ》していた。

「どうして……」

ハンナは思い返すように、未《いま》だ感触の残る髪《かみ》に触れてみる。

初めて相対した吸血鬼王。その顔には彼女が良く知る、血を求め欲望を滾《たぎ》らす吸血鬼の相貌《そうぼう》は無かった。

リーナは夢を見ながら母親の気持ちを感じていた。まるで自分のことのように。
それが母親の感情だと分かっていても胸が締め付けられるような思いに晒される。
アンファングを思う気持ち――それが間違《まちが》っていないことだけは分かる。
そして今のリーナにとっても、アンファングの為に役に立ちたいという思いは多分――
間違っていない。

【第六章】滅《めっ》する力

それは、とある日の昼下がりだった。

ヴェルクラウツの町は、まるで廃墟《はいきょ》のようにひっそりと静まり返っていた。

門扉《もんぴ》の閉ざされた石壁《いしかべ》は無数の十字架《じゅうじか》と共に無言の拒否《きょひ》を訴え、壁《かべ》の内側に広がる麦畑は素知らぬ顔で風に揺れているだけ。

家々の戸はがっちりと閉ざされ、通りに人影《ひとかげ》は全く見当たらなかった。

ただの一人を除いては。

町の真ん中を通る道に、少女がぽつんと立ち尽くしていた。リーナである。

彼女は緊張した面持《おもも》ちで、その場からじっと動かずにいた。まるで、何かを待つように。

張《つ》り詰めたものに堪《た》えきれず、視線を家の塀《へい》に掲《かか》げられた十字架へと向けた時——事は起こった。

彼女の体に悪寒《おかん》が走る。

途端、視界の中にあった十字架が飴《あめ》のようにグニャリと溶《と》けて曲がったのだ。

それは周囲の家々に掲げられている十字架にも伝播《でんぱ》し、あたかもドミノ倒《たお》しのように次々にへし折れてゆく。

「……！」

刹那、彼女の体を湿《しめ》った風が駆《か》け抜けた。

覚悟《かくご》していたのにも拘《かか》わらず、膝《ひざ》から下がガクガクと震え始め、冷たい汗《あせ》が背筋を伝う。

リーナをそうもさせる存在。それが、フッと影《かげ》のように彼女の背後に浮かび上がる。

「やあ、元気にしてたかい？」

耳元で聞き覚えのあるその声を聞いた途端、体が無意識に強張《こわば》るのが分かる。

彼女の前にふわりと降り立ったのは、長い銀髪《ぎんぱつ》をなびかせ青白い顔をした吸血鬼。

ディートヘルムだった。

「急にいなくなったから心配したよ」

「……」

リーナの反応が無いとみるや、彼女の足元を見ながら冷ややかに笑う。

「折角、してあげたのに取ってしまったようだね。でもまあ、そのことはいいや。そろそろ頃合《ころあ》いかと思ってね。連れ戻しにきたよ」

「……」

彼女は俯《うつむ》いたまま、何も口にできなかった。彼の声を聞く度《たび》、囚《とら》われていた頃《ころ》の記憶《きおく》が脳裏に蘇《よみがえ》ってきて、どうしても心と体が萎縮《いしゅく》してしまう。

だがそんな状態でも、この気持ちは確かだった。

――戻りたくない。

思い出すだけで、傷痕も無いのに体が痛みに疼《うず》く。

あんな思いは、もう嫌《いや》だ。でも、今の自分に帰る場所などあるのだろうか？

真っ先に頭に思《おも》い浮かぶのは、ご主人様の姿。

すぐに彼の顔が頭に浮かんだ自分に驚《おどろ》きながらも、本当にそこにいていいのかという不安に陥《おちい》る。

「どうした？　返事が無いね」

「……」

ディートヘルムはつまらなそうにしながら、別の話を振ってくる。

「そういえば外の世界はどうだった？　楽しめたのかい？」

「……」

「ふむ……その様子では、さぞかしつまらなかったのだろうね」

――ちが……う。

リーナは心の内で呟《つぶや》いた。

「当然ともいうべき結果だ。これなら、外に行かせた甲斐《かい》もあるというもの」

――ちがう。

「どうだい？　これでお前が、必要とされていない無価値な存在であることがハッキリと分かっただろう？」

――違《ちが》う。

「お前の存在を認めているのは、この私だけだ。故《ゆえ》に、そろそろ痛みが欲《ほ》しくなってきたのではないか？」

愉悦《ゆえつ》するディートヘルム。

そんな彼を見ていると、リーナの中に今までの自分とは違う何かが生まれる。

次の瞬間《しゅんかん》、言葉が自然と口を突いて出ていた。

「違う」

「……？」

突然《とつぜん》、口を開いたリーナに、ディートヘルムは刮目《かつもく》した。

しかも、その言葉は彼が初めて聞く、彼女の反抗《はんこう》の声だった。

「……今、なんて？」

ディートヘルムの眉間《みけん》に皺《しわ》が寄る。

「私は……私は……」

必死に言葉を紡ごうとする。

――ご主人様は、こんな私を必要だと言ってくれた。傍で手伝いをして欲しいとも言ってくれた。何度も私に、ありがとうと言ってくれた。だから……だから……。

「私は、戻らない」

「ほう……」

ディートヘルムは顔を引き攣《つ》らせながら嘲笑《あざわら》う。

「フッ……戻らないだって？　それでどこへ行くというのだ？　お前みたいなダンピールを待っている奴《やつ》などいる訳がないだろう？」

彼が再び冷笑《れいしょう》した時だった。

「それはどうかな？」

突如《とつじょ》、ディートヘルムの背後で声が上がった。

すぐに、その声の主が路地裏の暗がりから姿を現す。

黒いマントを羽織った、精悍《せいかん》な顔付きの少年。その姿を目にした瞬間、リーナの中に温かいものが込み上げてくる。ついさっきまで一緒《いっしょ》にいたはずなのに、久しく会っていなかったかのような酷《ひど》く懐《なつ》かしい気持ち。

「よく頑張《がんば》った。上出来だ、リーナ」

彼は軽く手を挙げると、彼女に向かって微笑《ほほえ》んだ。

それは彼女を必要としてくれた、ご主人様だった。

† † †

「へー、これが貴族か」

アンファングは、目の前にいるディートヘルムを観察するようにまじまじと見ていた。

それに対し、言われた当人は不快そうに眉根《まゆね》を引き攣らせた。

「なんだ、お前は？」

「え？　ああ、俺は何というか……ヴァンパイアハンターだ」

仮の肩書《かたが》きを告げると、ディートヘルムは堪えきれなかったという感じで吹《ふ》き出した。

「ははっ、ヴァンパイアハンターだって？　これは面白《おもしろ》い。貴族を目の前にして、それを名乗った奴は初めてみた。皆《みな》、私を目の前にすると無口になってしまうのでね」

「ほう」

反応の薄《うす》さにディートヘルムは不可解な表情を見せる。そのままリーナに目を向け、

「これも良い例だ」

「どういうことだ？」

「こいつもまたヴァンパイアハンターと名乗っていたからね」

アンファングは平然としながらも、内心で驚いていた。

リーナと初めて出会った時、自分のことをヴァンパイアハンターだと名乗っていたが、それは場を凌《しの》ぐ為の嘘だと思っていたからだ。

──まさか、本気で……？

「端《はな》から貧弱《ひんじゃく》なハンターだったが、それでも今ではすっかり牙《きば》を抜かれてこの通り」

ディートヘルムは、何もできずにいるリーナに蔑《さげす》みの目を向ける。

「それにしてもヴァンパイアハンターというのは、私の中で吸血獣《じゅう》を追い回すだけの存在と認識していたからね。常々、名称《めいしょう》を変えた方がいいのでは？　と思っていたのだよ。私は〝犬の尻《しり》追い〟がいいと思うのだが、どうだい？　お前も所詮《しょせん》、それなのだろう？」

「まあ実際、吸血獣しか狩《か》ってないのは確かだな。最近では五体。うち三体は猟犬《ヤクトフンド》型だったか」

そこでディートヘルムの口元が僅かに歪《ゆが》む。

「ほう……もしや、私の猟犬を殺ったのはお前か」

「だとしたら？」

「丁度、そんな不逞《ふてい》な輩《やから》に仕置きをしないといけないなあ、と思っていたところだよ」

「へえ、それは偶然《ぐうぜん》だな。俺《おれ》もそろそろ自分の飼い犬をやられてカンカンになった貴族が、顔を真っ赤にしてやってくるんじゃないかって思ってたところさ」

「それを分かっていて、逃《に》げずに出てくるとは余程《よほど》、頭が弱いとみえる」

ディートヘルムは嘲笑《ちょうしょう》した。

しかしアンファングは、ただ貴族の襲来《しゅうらい》だけを予測していた訳ではない。

その貴族とリーナの関係に注目していたのだ。

少し前まで彼女の足首にあった枷《かせ》。それには魔力が込められていた。ということは、リーナは吸血鬼の下に囚われていて、そこから逃げ出してきたという線が濃厚《のうこう》だ。だが気になったのは、あそこまで強固な魔力を枷に込めておきながら、それを繋いでいた鎖《くさり》には何も付与《ふよ》されていなかった点である。だからこそ、リーナも逃げ出すチャンスを得られたのだと思われるが……不自然すぎるが故にわざととしか思えなかった。

足枷を外す際に、そこに込められていた魔力を調べたことがある。それは頑強《ロウバスト》と拘束《メーシング》だった。頑強《ロウバスト》は、ただ単に枷を強固にする為のものだったが、拘束《メーシング》は〝繋ぎ止める〟という力を持っている。それが付与されていれば遠く離《はな》れていても自分の魔力を感じ取り、居場所を把握《はあく》することができるのだ。見えない鎖で繋ぎ止める。拘束という名に相応しい力。そんな魔力を施《ほどこ》すということは、再びリーナに接触《せっしょく》を図《はか》る意志があったということだ。

しかし、居場所を示すその足枷が外されたとなれば、魔力を付与した主は真っ先に探《さぐ》りに出てくるはずである。主が、最初に向かうのは足枷が実際に外された場所だろう。

あの場所にはアンファングが倒した吸血獣の痕跡《こんせき》が残っている。リーナ自身にそんな力は無いと分かっている者ならば、他者の助力があり、保護されたと考えるのが普通だろう。

行き先は順当に考えて、その場から一番近い町。だからこそ、アンファングは敢《あ》えてリーナを町の目立つ場所に立たせたのだ。――ある目的の為に。

アンファングに反応が無いと見るや、ディートヘルムは目を細める。

「どうしたんだい？　やはり怖《お》じ気《け》づいたとか？」

「ん？　誰《だれ》の話だ？」

アンファングはわざとらしく周りを探すふりをする。

「他の人間共と同じように家の中に閉じこもって、恐怖に震《ふる》えていればいいものを」

ディートヘルムは、静まり返った街並みを見渡《みわた》しながら言った。

「それで、お前はこんな所にのこのこと出てきて、何をしようというんだい？」

「それはもちろん、ヴァンパイアハンターとしての仕事をしようと思ってな。それと……ここにいるリーナを貴族から守らなきゃいけない」

「ほう、それはその玩具が私と関係していることを最初から知っているような口振《くちぶ》りだが？」

「そんなの本人に聞けばすぐ分かることだろ」

言うと、リーナは驚いた顔でアンファングを見返してきた。実際、特には聞き込んでいないので当然の反応である。

「それに、さっきからお前自身でベラベラとしゃべってるしな」

「フッ……なるほど。道理で、これ見よがしに通りのど真ん中に突っ立っている訳だ。囮《おとり》のつもりだろうが、私に対しては何の意味も成さないことくらい分からなかったのかな？」

ディートヘルムは呆《あき》れたように鼻で笑う。

「まあ、下賤《げせん》の者の考えなど、どうでもいいか。ただ、一つだけ分かったことがある。私の玩具がおかしな事を言い出したのは、お前のせいだってことがね。一応、聞いて置くが、まさかそれを本気で守ろうとしているんじゃないだろうね？」

「そのまさかだが？」

「知っているのかい？　こいつはダンピールだよ？」

「ああ知ってる。それが何か？」

「穢《けが》れた血が流れている」

「そんな事に固執《こしつ》しているのは、お前ら貴族だけだろ？　それに俺には、お前が蔑んだ言葉を吐きながらも、リーナを必要としているように見えるが？」

「確かに。一部否定はしないね。それは私にとって最高の玩具なのだから」

「……」

彼《かれ》が度々《たびたび》口にする玩具という言葉に、アンファングは引っ掛かりを覚える。

「さっきから気になっていたのだが……その言い方はなんだ？」

「ん？　玩具のことかい？　それなら見たままだよ。これはダンピールだからね。我々、貴族と同様に驚異的《きょういてき》な回復力を持っている。だからいくら振《ふ》り回しても、叩《たた》き付けても、手足をもいでも全く壊《こわ》れない。まさに最高の奴隷《どれい》玩具という訳だ」

「お前……リーナにそんなことを……」

「したとしたら？　フッ……」

ディートヘルムは楽しそうに嘲笑を浮かべた。

その姿にアンファングは顔を顰《しか》める。リーナも嫌な過去を思い出したのか、血の気の失《う》せた顔でその場にしゃがみ込んでしまった。

「お前が嗜虐《しぎやく》的な趣味《しゆみ》の持ち主だってことは分かった。だが、本当にそれだけか？」

「何が言いたい」

ディートヘルムは眉尻《まゆじり》を上げる。

「ただ闇雲《やみくも》に痛みを与《あた》えた訳ではあるまい？　と言っている」

「痛みは自己を知覚する為《ため》には必要なものだからね。特に、生まれながらに無価値なものには。だから与えてやった」

「足枷を付けて、そしてわざと逃がしてまで？」

「それは私の必要性を知らしめる為だよ。私の下にいる時だけは自分の価値を感じられる」

「だがそれは、彼女が従順な奴隷玩具である為ではないだろう？」

「ほう……だとしたら？」

アンファングは考える。彼がリーナに固執するのは、彼女にしかないモノがあるからだ。

——俺が知り得る限り、それはただ一つ……。

「〝吸血鬼《きゆうけつき》を滅する力〟、それが欲しいんじゃないか？」

「……」

ディートヘルムは瞠目《どうもく》した。

「ククッ……面白いことを言うね。確かにダンピールにはその力があると言われている。

が、実際には吸血獣すら滅することのできない惰弱《だじやく》な力だよ。それに私は玩具が欲しいだけだからね。そんな役立たずの力には興味は無い」

　アンファングの口角が上がる。

「本当にそうか？」

「ん？」

「今、お前はその力を〝役立たず〟と言った。それは逆を言えば、〝役に立って欲しい〟と思わなければ出ない言葉だ」

「何を言い出すかと思えば。仮にそれが役に立つ力だとして、私がその力を手に入れてどうしようというのだ？　同族を殺すのか？」

「俺はそう思ったが、違うのか？」

　一瞬の沈黙。

「お前は私を飽《あ》きさせないね。そもそも、どうやってその力を取り込むというのだい？　ダンピールである彼女の穢れた血は、とても飲む気にはなれないよ。明らかに不快な香りがするからね」

「ふっ……」

　そこでアンファングは意味ありげに笑った。

「なんだい？　その笑いは」

「いや、何でも」

ディートヘルムは不愉快《ふゆかい》そうに表情を歪めると、アンファングを見つめる。

「お前には面白い話を聞かせてもらった。その礼に今回は見逃《みのが》してやろうじゃないか。まさかそんな愚《おろ》かなことはしないと思うが、手出しをするというのならば明日の黒陽は見られないと思え」

彼がマントを翻《ひるがえ》し、リーナに向かって足を進めようとした時だ。

いつの間にか彼女の前に、メイド服の少女が立ちはだかっていた。ティルである。

「彼女は既にご主人様の持ち物です。他の誰かが触《ふ》れることは許されません」

「……ティル」

自分を守るように立つ彼女をリーナは呆然《ぼうぜん》と見上げていた。

「ん？　お前も奴の仲間か？　にしても……私の玩具を勝手に自分のものにした挙げ句、その言いぐさ。酷いものだね。だが……」

ディートヘルムはティルの姿を値踏《ねぶ》みするように見つめると、にやりと笑《え》みをこぼした。

「まあいい。丁度、何匹《なんびき》か食事を持ち帰ろうと思っていたところだからね」

彼は特に警戒《けいかい》する訳でもなく、彼女の目の前まで歩み寄る。

対するティルは、鋭い視線を向けたまま微動《びどう》だにしなかった。

「ほう、近くで見れば見るほど上物だ。これはさぞかし良い味がするに違いない」

彼はマントを広げると、彼女の体を包《つつ》み込もうとする。

が、そこで何かに気付き、匂《にお》いを嗅《か》ぐような仕草を見せる。

「……？　何も匂いがしない。お前……人間じゃないな？」

するとティルは顔を上げて、ディートヘルムをキッと睨み付けた。

「その汚《きたな》いマントをどけなさい。わたくしに触れていいのは、ご主人様だけです」

これに彼は苛立《いらだ》ちを露《あら》わにした。

「口の利《き》き方《かた》がなってないようだね」

ディートヘルムが手刀を振りかざすと、その爪先《つまさき》が鋭く尖《とが》る。

その先端《せんたん》が、ティルの喉笛《のどぶえ》を容赦無《ようしゃな》く突き破《やぶ》った瞬間だった。

彼女の体が光になって消え、手刀が空を切る。

「……なっ⁉」

集約された光はディートヘルムの頭上を越《こ》え、彼の背後にいたアンファングの手の中に収まる。そこで光は剣《けん》と化した。

「そいつは……まさか、魔剣《まけん》かい？」

彼は珍《めずら》しい物を見るような目で言った。

さすがに吸血鬼相手では、ティルの正体は一発で見抜かれてしまっていた。

「こいつは驚いた。人間でそんなものを持っている奴は初めて見たよ。ということは、そいつを使って足枷を外したというわけかい？」

「さあな」

「まあ、力を手にして驕《おご》り高ぶる気持ちも分からないでもないが……ちょっと調子に乗りすぎだろう――ね！」

言った瞬間、ディートヘルムの姿が消えた。

――瞬縮《ゼグンデ》か……！

アンファングは反射的に理解した。それは対象との間にある空間を魔力《まりよく》によって縮め、自身の体を高速で移動させる力。その姿を再び認識《にんしき》した時、彼はリーナの傍《そば》に立っていた。

ディートヘルムは片手を水平に伸《の》ばし、そのまま拘束《メーシング》の魔力を使って彼女の体を締《し》め上げる。

「う……」

「それじゃあ玩具は返してもらうよ」

へたり込んでいたリーナの体が、魔力の糸によって宙に浮く。

そんな最中、魔力の締め付けによって、彼女の腰《こし》ポーチから一つの小瓶《こびん》が零《こぼ》れ落ちる。

「あっ……」

かすれたような悲鳴が漏《も》れる。

それはアンファングが採血した彼女の血液。持っておいてくれと頼《たの》んだものだ。

リーナはすぐにその小瓶を求めて手を伸ばすも、拘束《メーシング》の魔力によって指一本動かすこともできない。

そして、そんな彼女の様子をディートヘルムが見逃すはずもなかった。

「ん？　なんだい？」

彼は地面に落ちたそれを拾い、中で揺れる赤い液体を見つめる。

「そ、それは……ダメ！」

必死に訴《うった》える彼女と小瓶とを交互《こうご》に見つめ、ディートヘルムは得心した。

「まさか……そうなのか！」

驚きは一瞬で、すぐに欲望に歪んだ笑みが浮かぶ。

「ははっ、こんな方法があるとはね。思いもしなかったよ。これなら私にも……」

期待の感情をあからさまに表すと、すぐさま小瓶の蓋を開け、口元へ持って行く。

鋭い牙が見え隠《かく》れする唇《くちびる》が瓶《びん》の縁《ふち》に触れようとした時だ。

「……ぐっ⁉」

彼は苦痛に顔を引き攣らせると、怒《いか》りに任せたように小瓶を地面に打ち捨てたのだ。

パシャンという小さな破砕音《はさい》と共にガラスが放射状に飛び散り、乾《かわ》いた土に赤い血が染《し》み込んでゆく。

「あ……あぁ……」

その光景を見ていたリーナの中に、窒息《ちっそく》しそうなくらいの虚無《きょむ》感が支配し始める。

「く……相変わらずなんと醜悪《しゅうあく》な……」

ディートヘルムは、愕然《がくぜん》とする彼女の姿に興味があるはずもなく、ただ穢らわしいものに触れてしまったという後悔《こうかい》の念だけを露わにしていた。

その様子を見ていたアンファングは、小さく歯噛《はが》みする。

「貴様……」

呟くと、それは一瞬の出来事だった。

アンファングの姿が消えたかと思われた瞬間、ディートヘルムの体が胴体《どうたい》から上下真っ二つに両断されていたのだ。

「っ⁉　な……んだと？」

瞬縮《ゼグンデ》を超《こ》える速さに、斬《き》られた彼は困惑《こんわく》の声を上げながら頽《くず》れる。

アンファングが駆け抜《ぬ》けるように剣を薙《な》いだのだ。

分断された躯体《くたい》が無残に地面の上へ転がると、リーナの体が魔力から解放される。

そのまま彼女の体を受け止めると通りの端へと移動し、その身を降ろした。

あまりに呆気《あっけ》ない幕切れ。

だがアンファングは、当然これで終わりでないことは分かっていた。

彼の目の前で分断されていた体が磁石のように引かれ合い、繋《つな》がる。骸《むくろ》が骸でないものになり、再び起き上がった時には引き攣った笑みをこちらに向けてきていた。

「折角《せっかく》だけど、その魔剣を以《もっ》てしてもこの私は殺せない。理由は既に分かっているよね？」

「吸血鬼は不老不死……。だが、それもどうかな？」

アンファングは言いながら、リーナにそっと寄り添《そ》う。

そして彼女に語りかけた。

「いけるか？」

「えっ……？」

唐突《とうとつ》にそんなことを言われた彼女は目を丸くした。

それは、この場面で自分に一体、何ができるのだという目だった。

「多分、今がその時だと思う」

アンファングが真《ま》っ直《す》ぐにリーナの瞳《ひとみ》を見つめると、彼女は割れてしまった小瓶に目を向け、彼が何を考えているのかを理解してくれたようだった。

手を伸ばすと、彼女はそれを握り返す。

「私が……本当に……ご主人様の役に立てるの？」

「ああ」

彼が答えると、リーナの脳裏に母親の言葉が蘇ってきた。


『あなたの存在は、彼《か》の人の為に』


リーナは小さく頷《うなず》いた。

アンファングが彼女の肩《かた》に手を回すと、しっとりとした瞳に瞼《まぶた》が下り、華奢《きやしや》な体を預けてくる。こちらに向けられた白い首筋は、僅かに上気していた。

「お前ら……何を？」

異変を感じ取ったディートヘルムが、初めて焦《あせ》りの表情を見せる。

それを捨て置き、アンファングとリーナは互《たが》いの息遣《いきづか》いが分かるほどに顔を近付ける。

「……いくぞ」

「……うん」

彼女が再びコクンと頷いた。

次の瞬間――――アンファングはリーナの首筋に齧《かじ》り付いていた。

「っ……」

彼女が吐息《といき》混じりの声を漏らす。表情は恍惚《こうこつ》に満ちていた。

同時に、アンファングの体内に様々なものが入り込んでくる。

タンパク質、ブドウ糖、脂質《ししつ》、ホルモン、ビタミン、金属イオン、電解質など、ありとあらゆる成分が取り込まれ、魔力へと繋がる。今、この吸血に躊躇《ためら》いは無い。

全てを吸い尽《つ》くす。その勢いで、ダンピールしか持ち得ない特有の血液成分――、〝吸血鬼を滅する力〟を内在した物質をも飲み干した。

リーナは地面に頽れる。だが、そこはダンピール。その高い回復力で意識は保っていた。

一方、全てを飲み干したアンファングの体には異変が訪《おとず》れていた。

漲《みなぎ》る力が、自ら課したリミッターを食い破る。さらりとした黒髪が鮮《あざ》やかな銀髪へと変化し、翠《みどり》だった瞳が血を流《なが》し込んだような紅い眼に変わっていた。

この様子にディートヘルムは驚嘆《きょうたん》する。

「まさか、お前…………同族か⁉」

アンファングは先程《さきほど》までとは違う邪悪《じゃあく》な声色《こわいろ》で答える。

「だったら、何だというんだ？」

「……」

発せられる威圧感からか、ディートヘルムは押《お》し黙《だま》ってしまう。

そして、アンファングの手の中にあるティルもまた驚きを隠せずにいた。

彼女の声が剣を通して伝わってくる。その声色は艶《つや》っぽく、尚且《なおか》つ僅かに震えていた。

『こ……この感覚は……』

『どうした？ 大丈夫《だいじょうぶ》か？』

『ええ、問題ありません。ご主人様の手から伝わってくる力が今までに感じたことのないとても強大なものでしたので……それで少し興奮気味になっているだけです。それと……』

『それと？』

『リーナの血が、このような力を持っていることを、ご主人様は最初から知っていらしたのですね。だから彼女を……。それが分かって二重に興奮しております』

——まあ……特殊《とくしゅ》な血液だということは理解していたが……あいつめ……まさかこのつもりで俺にリーナを……。

アンファングは、とあるヴァンパイアハンターの姿を思い浮かべ、苦笑《くしょう》する。

『どうかなさいましたか？』

『いや、なんでもない』

『それにしても……嫉妬《しっと》してしまいます。ご主人様のお力になれるリーナに』

『何を言ってるんだ、ティルがいなきゃその力を存分に使えないだろ』

『ご主人様……』

　言葉はそれだけだったが、彼女の嬉《うれ》しさが伝わってくる。

　彼は拳《こぶし》の感覚を確かめると、改めて自分の中に取り込《こ》まれた力について考える。

　今、手にしたからこそ分かるが、その力はティルの言う通り、途轍《とてつ》もなく強大なものだ。

　吸血鬼を滅するほどのものであるからそれも当然なのだが、疑問なのはこれがリーナの中にあって、その力をほとんど発揮していなかったことだ。

　ここで一つ仮定するならば、吸胞切除の際、彼女の手が爛《ただ》れたのは反射熱のせいだとばかり思っていたが、実は内在する力に皮膚《ひふ》が耐《た》えられなかっただけなのではないかということ。そして、この力を単体で発揮することは難しく、吸血鬼の体内に取り入れることで初めて正常に作用するということ。

　但《ただ》し、この力は一過性のものだ。以前、彼女を吸血した際に、この特有成分が体内で炭酸のように弾《はじ》けて消えるのを感じていたからだ。

——ようは吸血鬼を滅する力［時間制限付き］って訳だ。

それが、どれぐらい効果が持つのかは分からないが、目の前の吸血鬼を相手にするなら早い方がいい。

アンファングが目を向けると、ディートヘルムは複雑な表情をしていた。

「なぜ……吸血できた」

「その前に、まずは礼を言っておこう」

「？」

「お前が教えてくれたんだぞ。この力は吸血することで取り込めると」

「……⁉」

「力の存在が分かっていても実際、どうやって取り込んだらいいか分からなかったからな」

「くっ……」

ディートヘルムは歯噛みした。

「で、なぜ吸血できたか？　だったな。それはお前が吸血する為に何をやってきたかを逆に問うことで分かると思うが？」

「何をやってきたかだって？　私はその力を手に入れる為に、やれることは全てやってきたさ。〝ダンピールの血を飲めば同族を殺す力を得ることができる〟それはかつての真祖が残した言葉だ。あまりに大昔のことで、そのことを覚えている者はもういないだろう。そうでなくとも、ダンピールは稀《まれ》な存在であるし、ましてやその穢れた血を吸おうなどと考える吸血鬼はそもそもいないからね。だがそこに私は目を付けた。真祖はこうも言い残している。〝その血は身も心も受け入れられなければ、取り込むことはできない〟と。だから私は彼女《かのじょ》の存在を肯定《こうてい》してやることにした。生まれながらに無価値で、誰からも必要とされない彼女を私だけが認めてやる。その為には〝痛み〟が必要だった。先ほども言ったが、この世に存在することが無意味な彼女だからこそ、痛みが自己を知覚するには最適だったのだよ。だが、それを行っても尚《なお》、彼女の体からは穢れた血の臭いがして、とても吸血などできなかった。まだ足りないのだ。そう思った私は彼女を外の世界に放った。そうすることで周囲から穢れた血を否定され、改めて自身の無意味さを痛感する。そうすれば、私だけが彼女の価値を認めた存在として更《さら》に強く実感するであろうと考えたのだ。あと、もう少しであったのに、そこをお前が……」

彼は手を横に広げて自嘲《じちょう》した。

「言葉の意味を履《は》き違えていることについては、敢えて触れないでおいてやろう。だが、それを抜きにしても、お前のやってきたことは無駄《むだ》でしかない」

「無駄だって？　何がそうだと言うんだい？」

アンファングは目を細める。

「どうあっても、お前がその力を取り込むことなど出来はしないということさ」

「?」

ディートヘルムは本当に意味が理解できないといった表情をしていた。

「そのまま彼女の血を吸えば、内在する〝吸血鬼を滅《めっ》する力〟によって、お前自身が滅せられてしまうだろう。それが本能的に分かっているからこそ、体が吸血を拒否《きょひ》しているのだからな」

「だが、お前は危ない力を手に入れたようじゃないか」

彼は戯《おど》けたように言ってみせる。対するアンファングは、薄笑《うすわら》いを浮《う》かべた。

「俺は特別だからな」

「なっ……」

ディートヘルムの顔が引き攣るのが分かる。それがあまりにも拍子抜《ひょうしぬ》けした答えだったからだ。だがアンファングのその答えは、適当に受け流そうとした訳ではない。

真実、特別なのだ。

なぜ、アンファングはリーナを吸血することができたのか？　それは彼の中に〝吸血鬼を滅する力〟を解析《かいせき》できる免疫《めんえき》にも似たものが存在しているからだ。

――遺伝子情報。

アンファングは過去に於《お》いて彼女の母親を吸血した。

膨大《ぼうだい》な魔力を注ぎ、彼女をこの世に誕生させる為に。

その時に摂取《せっしゅ》した、遺伝子情報の半分がアンファングの中にあるからだった。

それが身〈血〉と心〈遺伝子〉を受け入れるということ。

「特別だと？　それがお前の答えかい？」

口調は穏《おだ》やかだが、そこには怒りの感情が込められていた。

「さぞ大層な理由があるかと思えば下らない……。やはり、そいつが穢れた存在であることには変わりはないな。不死の体、驚異的な回復力、いつまでも若い姿。そんな肉体を持った者が一度、世界に交われば、蔑み、疎《うと》まれ、恐怖《きょうふ》を抱《いだ》かれるのは目に見えているからね。つまるところ、私の考えた方法で間違《まちが》いは無かったということだよ」

目の前でせせら笑う吸血鬼をアンファングは瞳を上げて見据《みす》える。

「リーナの血は穢れてなどいない。そして、人はそんなことでダンピールを迫害《はくがい》したりはしない。――あまり人間をみくびるなよ」

「……！」

ディートヘルムの頬《ほお》が痙攣《けいれん》する。そして気配が変わった。それは明らかに殺気だった。

「同族として少しは話ができるかと思ったけど、そうでもないようだね。でも有用な話が聞けた」

蔑むように、ほくそ笑む。

「やはり彼女は渡《わた》せない……ね！」

直後、彼の姿が消えた。と、すぐに、

『後ろです』

右手にある魔剣から声が伝わってくる。

『ああ』

内心で答えて反転すると、アンファングの眼前で鋭《するど》い爪《つめ》が光る。

眼球を貫《つらぬ》かれるビジュアルが脳裏《のうり》に浮かぶ。

が、即座《そくざ》に身を捻《ひね》ってかわし、逆に魔剣で斬り付ける。

翻した相手のマントが鋼のように硬化《こうか》し、刃《やいば》と弾け合って黄色の火花を散らす。

それだけで周囲の地面が軋《きし》む音を立てた。

全てが一瞬《いっしゅん》の出来事だった。

「なるほど……なかなかやるようだ」

ディートヘルムは鍔迫《つばぜ》り合いをしたまま呟《つぶや》く。

「だが、お前に私は倒《たお》せない」

「ふっ」

そう言われたアンファングは呆れたような顔をする。

「いつまで貴族気取りでいるんだ？」

「……」

僅かに時が止まる。しかし――すぐに彼は不敵な笑みを見せる。

「ふふっ……そうか、そうだったね。確かに私は貴族ではない。ただの吸血鬼《きゅうけつき》さ。だけどそれは長い吸血鬼の生涯《しょうがい》に於いて、ほんの少しの間だけの話。なぜなら私は今から貴族を超えた存在になるのだからね」

「超えた存在だって？　それがお前の……リーナの中の力を欲《ほっ》した理由か」

「ああ、そうさ」

「何の為に、そこまでの力を欲する」

「くくっ、何の為だって？」

ディートヘルムは馬鹿にしたように笑う。

「貴族共に憚《はばか》ることなく、好きなだけ人間を喰《く》らいたいからに決まってるじゃないか」

「……」

「人間は何の為にこの世の中に存在していると思う？　それは問うまでもない、私達吸血鬼に喰われる為に生まれてきたんだよ。それがこの世の摂理《せつり》、自然の営み。寧《むし》ろ、私はその営みの手助けをしようとしているに過ぎない。人間にとって、それは救済に等しいはず。……なのにも拘《かか》わらずだ！」

彼は急に怒りを露わにする。

「貴族共は私を管理しようとする。お前達だって好き放題喰らいたい癖《くせ》にね。ならどうすればいいのか？　それは奴《やつ》らが口答えできない場所にまで上《つ》り詰めればいいだけのこと。我《わ》が主、ヴィルフリートをも超えた存在。そう、言うなれば――吸血鬼王にね」

それはあまりに大それた発想だったが、彼の様子を見る限り本気のようだった。

アンファングは冷めた視線を送る。

「フッ……吸血鬼王とはまた大きく出たものだ。それにしても、お前……奴の子飼いだったとはな」

「ん……それが何か？」

「いや、べつに」

相変わらずな態度のアンファングに、ディートヘルムは冷静さを取り戻《もど》す。

「……しかし分からないね。お前はなぜ同族に反発する。それに吸血鬼でありながらダンピールに……そして人間に味方する」

「なぜだろうな？　半分人間だからか？」

「……」

ディートヘルムにとって、その答えは世迷《よま》い言《ごと》にしか聞こえなかった。

「ふざけたことを……」

失笑《しっしょう》すると鍔迫り合いを解き、即座に魔力を行使する。

彼の周囲を取り巻く空間が振動《しんどう》し、空中に無数の杭《くい》が出現した。

それは黒光りする拷問《ごうもん》用の金属杭。数にして数百余り。

「ふははは っ、ならばお前が大事にしている、その人間共をこの場で皆殺《みなごろ》しにしてくれる」

彼は高笑《こうしょう》しながら、力を解き放つ。

掃射《そうしゃ》された杭は、さながら大口径のマシンガンのように周囲の家々を蜂《はち》の巣にする。

壁《かべ》を穿《うが》ち、屋根は粉々に粉砕《ふんさい》される。瞬《また》く間《ま》に石造りの家は砂糖細工のように脆《もろ》く崩《くず》れ去り、全ての杭が撃《う》ち尽くされた時には到底《とうてい》、今まで人が住んでいたとは思えない廃墟《はいきょ》がその場に広がっていた。既《すで》に生存している者などいないであろう絶望的な光景。

だが、妙《みょう》な違和感《いわかん》が残る。

「……？」

不審《ふしん》に思ったディートヘルムは近くの家に歩み寄り、崩れかけの壁から内部を覗《のぞ》く。

するとそこには辺りの凄惨《せいさん》な光景とは裏腹に、幼子とその親である夫婦《ふうふ》が楽しそうにテーブルを囲んでいる姿があったのだ。

ディートヘルムは目を見開く。

親子は笑みを浮かべたまま、まるで人形のように微動だにしない。

それは、どうあっても有り得ない光景。

何かに気付いた彼は、親子の首を手刀で薙ぎ払《はら》った。

足下《あしもと》に親子が着ていた衣服と人数分の丸太が転がる。

同時に周囲の町並みが霞《かすみ》のように消え去り、代わりに何も無い荒野《こうや》だけが現れた。

「魔力で作った幻影《げんえい》だと……？　だが、有り得ん……これだけ大規模の幻《まぼろし》が作れる……そんな膨大な魔力を持った吸血鬼なんて、いるはずが……」

ディートヘルムは呆然としていた。よもや自分が偽物《にせもの》の町に誘《おび》き寄せられたという事実を受け入れられずに。

片やアンファングは余裕《よゆう》の面持《おもも》ちでいた。この幻は、彼が魔力で作り出したものだ。町長宅の書庫でユリウスから渡された一冊の本。それにかけられていた幻惑《イルジオ》の魔力。それをアンファングなりに応用したのだ。無論、並みの吸血鬼では、ここまで大規模な幻を作ることなど不可能である。だが、そこは桁外《けたはず》れの魔力を持つ吸血鬼王。町を丸ごと作り出すという大それたことが可能だったのだ。

それでも相手は腐《くさ》っても同族だ。魔力の匂《にお》いを嗅ぎ分ける力には長《た》けている。だからこそカモフラージュする為に、町の人間が実際に身に着けていた衣服や、数本の髪《かみ》の毛《け》を拝借して案山子《かかし》を作り、相手の嗅覚《きゅうかく》を狂《くる》わせた。

この役目はユリウスが担《にな》ってくれていた。短期間で住民から衣服を集め、これだけの数の案山子を作るのは大変だったに違《ちが》いない。ここより距離《きょり》を置いた場所にある本当の町と住民は、今この場で起きていることなど何も知らずに平穏《へいおん》に暮らしているはずである。

そして、最大の擬装《ぎそう》はリーナの存在だ。この場に於いて彼女だけが本物であり、ディートヘルムが求めるもの。彼との繋がりがある彼女をこの場に置くことで、彼の意識を幻から逸《そ》らすことに成功していた。

全てを理解したディートヘルムの顔が強張《こわば》る。

そして、その現実は彼を激高させるには充分《じゅうぶん》だった。

「舐《な》めた真似《まね》を……」

彼はアンファングを睨《にら》み付けると、再び無数の金属杭を空中に呼び出す。

「この杭で肉体を細かく粉砕されれば、いくら吸血鬼といえども再生にはそれ相応の時間が掛《か》かる。ここで肉片《にくへん》となって飛び散るがいい！」

彼が全ての杭に対して命じた時だった。

「ティル」

『はい』

風圧にも似た波動が辺りを駆《か》け抜ける。

刹那《せつな》、一斉《いっせい》に放たれたはずの杭が、一瞬にして細かな氷になって消えた。

アンファングが放った一振《ひとふ》りによって、魔力ごと掻《か》き消されたのだ。

「なんだ……と⁉」

現実に圧倒《あっとう》される中、ディートヘルムは自分の右腕《みぎうで》に違和感を覚える。

ふと、そこを見れば肩から下が完全に消失していた。

「ひ……ぐぎゃあぁぁぁぁぁぁっ！」

「ほう、やり方によっては吸血鬼も悲鳴を上げるんだな」

痛みに苦しみ藻掻《もが》く彼の姿を見ながら、アンファングはさも楽しそうにしていた。

「なっ……何を言って……ぎゃあああっ‼」

何かを言おうとした直後、今度は彼の左足が無くなっていた。

魔剣ティルヴィングの刃に、紅《あか》い血が滴《したた》る。

完全に戦意を喪失《そうしつ》したディートヘルム。その彼に目に見えない重圧がのし掛かる。

「なっ、なんだこの力は……これが吸血鬼を滅する力なのか？　いっ、いや違う！　これは……この覇気《はき》は……………もしや……」

その正体に勘付《かんづ》き、ディートヘルムの顔から血の気が失せて行くのが分かる。

「っ⁉　そんな……お、お前は………まさか……吸血鬼……王……！」

アンファングは、怯《おび》える相手の目をしかと見据える。

それが答えだった。

「くっ……全てを持って生まれてきたお前に……私の気持ちなど……分かるものか！」

「永遠に消えて無くなれ。それがせめてもの情けだ」

「……!!」

ディートヘルムの表情が驚愕《きょうがく》に染まった時、魔剣ティルヴィングが彼の額を貫いていた。

すぐにその肉体は灰になって消滅《しょうめつ》する。

それはこの世界が初めて経験する……吸血鬼の死だった。

そして悪《あ》しき吸血鬼の消滅と同時に、リーナの中に残っていた目に見えない心の枷《かせ》が、呪縛《じゅばく》から解き放たれるように弾《はじ》け飛んで消えた。

【終章】

アンファング達はヴェルクラウツの町へと戻ってきていた。

あれから数日、町には落ち着いた空気が流れている。

アンファングは町外れにある丘《おか》で手頃《てごろ》な岩に腰掛《こしか》け、穏やかな一時を過ごしていた。

町の様子を一望できるそこは、彼《かれ》のお気に入りの場所でもある。

しかし今でこそ、こうして平穏な時を送っているが、彼が帰ってきた当初は大変な大騒《おおさわ》ぎだった。それは良い意味で。その原因は予《あらかじ》め町の人々に、アンファング達が貴族の討伐《とうばつ》に向かうことが周知されていたからだ。

――実際には貴族ではなく吸血鬼だったのだが、説明するのも面倒《めんどう》……というか話すタイミングを失ってしまったというか……。

そもそもは全てを水面下で行おうとしていたのだが、ユリウスに案山子作りと、その設置を依頼《いらい》した時からそれはほぼ不可能になった。当然一人ではこなせない物量なので自警団の助力を仰《あお》ぐことになり、衣服や髪の毛を借りる為《ため》には住民の協力が必要だったからだ。

最初はユリウスや住民も「案山子なんかで貴族が騙《だま》せるのか？」と怪訝《けげん》な様子だったが、そこは聖剣《せいけん》使いという肩書《かたが》きと、実際に吸血獣《じゅう》を倒した実績が大きな信用となって、すぐに納得《なっとく》してもらうことができた。

そんなアンファング達が無事に戻り、その上、貴族を倒したと聞けば、お祭り騒《さわ》ぎになるのも当然の流れ。ようやく静かに過ごせるようになったのは、数日にわたる宴《うたげ》の後だった。

――でもまあ、この周辺を根城にしていた吸血鬼《きゅうけつき》を排除《はいじょ》した訳だから、当分、町に吸血獣が襲《おそ》ってくるようなこともないだろう。住民が環境《かんきょう》を立て直すのに充分な時間が得られそうだ。

そして今、久《ひさ》し振《ぶ》りの一人の時間を楽しむように、この丘でゆっくりとしていた。

ふと彼は、黒陽に向かって片手をかざす。その手の中に流れる血潮には、もうあの時の力の存在は感じない。髪の色や目の色も人間の姿に戻っている。

――あんなにたっぷり吸血しても、あまり持たないもんなんだな……。

手を開いたり閉じたりして感覚を確かめていると、不意に背後から声が掛かった。

「ご主人様、こちらでお寛《くつろ》ぎでしたか」

そう言ってきたのは彼の魔剣、ティルだった。木編みの籠《かご》を両手で抱《かか》え、微笑《ほほえ》みを浮かべている。その穏やかな表情は、以前にはあまり見受けなかったものだ。

「まあな、ここが気に入ってるんだ」

「わたくしも良いと思います。ここの景色」

彼女はアンファングが見ているものと同じ光景に視線を置く。

「それで、何か俺《おれ》に用事でも？」

「用事というほどのものではないのですが、町の皆《みな》さんからこのような物を頂きまして」

そう言って彼女は持っていた籠の中身を見せてきた。そこには小麦を焼いて作った、バナナのような形をした焼き菓子《がし》が溢《あふ》れんばかりに詰まっていた。

「これは〝貴族焼き〟というものでして、小麦の生地《きじ》にケプルの実のジャムを挟《はさ》んで焼いた、この町で親しまれているお菓子なのだそうです」

「なんだか不穏《ふおん》な名前のお菓子だな……」

「ええ、なんでもこれは吸血鬼の牙《きば》を模しているらしく、人間達が〝吸血鬼をも喰らってしまおう〟という縁起《えんぎ》に掛けたものなのだそうです。なので中のジャムはこのように血に似て真っ赤なのです」

彼女はその一つを半分に割って中身を見せてくれた。

「で、それを俺に？」

「あ、はい。名前からして不謹慎且《ふきんしんか》つ、無礼かと思いましたが……わたくしが食べてみたところ、非常に美味でして。ご主人様のお口に合うかは分かりませんが……勝手ながらお持ちした次第《しだい》です」

「そうか、まあ何が口に合うかは試《ため》してみないことには分からないからな。一つもらおう」

「はいっ」

ティルは嬉しそうに一つを彼に手渡《てわた》した。

「にしても……多くないか？　それ」

アンファングは籠の中に目一杯《めいっぱい》詰まっている貴族焼きを見ながら言った。

「え……あっ、そ、その、これは……」

彼女は急に狼狽《ろうばい》し始める。

ティルはゲラルトの家で御馳走《ごちそう》になってからというもの、人間の食事の美味《おい》しさに嵌《は》まってしまい、毎日料理について研究熱心に調べているのをアンファングは知っている。

恐《おそ》らくそれも、彼女のことを良く知った人達が多めに渡してくれたのだろう。

それにしても人間にあまり良い感情を持っていなかった頃《ころ》から比べれば、この状況《じょうきょう》は大きな変化である。

「こ……これは、町の方々が貴族を倒してくれたお礼にと……どうしてももらってくれと言うので仕方が無く……なのです。それに、半分はその……リーナに」

「リーナに？」

「ええ、あの子はご主人様の当面のお食事ですから。もっと栄養をつけてもらわないといけませんので」

「……」

――そりゃ確かに、また彼女の血が必要になる場面が出てくるやもしれない。それにしたって、食わせすぎだろ……。

「さて……と」

ふとアンファングは岩の上から腰を上げた。

「ご主人様、どちらに？」

「ちょっとリーナに用事があってな。ついでだから、それも俺が持っていこう」

ティルは持っていた籠を胸に抱える。

「ご主人様にそんな事はさせられません。これは、わたくしが」

「いや、いいんだ。それがあった方が俺にとっても都合がいい」

「それは、どういう意味ですか⁇」

「えっ……いや……とにかく、俺が持って行きたいんだ」

「はあ……ご主人様がそう仰《おつしや》るのなら」

彼女は納得いかない様子だったが、中から自分の分を取ると残りが入った籠をアンファングに手渡してくれた。

† † †

アンファングが町長宅の離《はな》れに戻ると、鳥の羽根を棒の先にまとめた叩《はた》きで居間を掃除《そうじ》しているリーナに出会《でくわ》した。厄介《やつかい》になった当初は埃《ほこり》っぽかったこの場所も、彼女のお陰《かげ》で見違《みちが》えるように綺麗《きれい》になっている。

彼女はこちらの姿に気が付くと「あっ」となって、掃除の手を止めた。

「まだ寝《ね》てた方がいいのではないか？」

「……大丈夫。当日はちょっとフラフラしたけど……もう何ともない」

「そうか」

アンファングが気掛《きが》かりだったのは、吸血したことによる体への影響《えいきょう》だった。

体内の血液のほとんどを吸ってしまったのだから、普通《ふつう》の人間ならば即死《そくし》してしまうレベルである。いくらダンピールといえども、何らかの不調が起こるのではないかと思い、しばらく大人しくしているようにと告げておいたのだ。

しかしながら、こちらの心配をよそに驚異的《きょういてき》な回復力であっという間に持ち直していた。

恐らく、常人とは懸《か》け離《はな》れた速度で血液の生成が行われているのだろう。吸血後、青ざめていた顔色が一時間もしない内に赤味《あかみ》を帯びてきたのを覚えている。

「これからは、いつでも飲んでくださいね」

「いや……それは……」

「だって……まだ、ご主人様の食事の目処《めど》が立っていないし……それまでは、私の血を飲んで欲《ほ》しい」

するとと彼女は仄《ほの》かに頬を染めながら、アンファングを見つめてくる。

「ご主人様の為に……それが私が存在する意味だから」

「……」

彼女の視線が出会った頃よりも増して、熱を帯びているようにも感じる。

それもディートヘルムの一件で、彼女に吸血鬼王アンファングだとバレてしまったからだろうか。

「今……お腹空《なかす》いてない？」

「ああ大丈夫だ。この前、もらったばかりだからな」

「じゃあ……おやつに飲む？」

「そんな気軽に飲むもんでもないだろ」

「じゃあ……一口だけ飲む？」

「いや、だからそういう問題じゃないだろ。でも……本当に必要な時になったら、また頼《たの》むかもしれないが」

「……」

リーナは嬉しさを隠《かく》し切れないといった様子で顔を綻《ほころ》ばせた。

それを見ていると、胸の内がむず痒《がゆ》くなる。

そんな気持ちを振《ふ》り払うように、アンファングは持っていた籠を彼女に差し出す。

「これはティルからだ」

「え、私に？」

不躾《ぶしつけ》に渡されたそれを驚《おどろ》いた様子で受け取った彼女は、中身を見て再度、目を丸くした。

「わあ……美味しそう。ティルにお礼を言わないと」

嬉しそうにしながら、その籠をテーブルに置いた時だった。

ふと彼女は不思議そうにアンファングを見つめる。

「でも……わざわざ、これを届けに？」

「……」

彼女がそう思うのも仕方が無い。アンファングが、わざわざ菓子だけを届けにくるような性格ではないと分かっているからだ。しかも吸血鬼王がやるような事ではない。

「もう一つ、リーナに渡したいものがあってな。籠の底を見てみろ」

「？」

リーナは言われた通りに籠の中を探《さぐ》った。

すると、貴族焼きが包んである布の下に何か別の布があることに気が付く。

そのままそれを引っ張り出したところで、彼女は目を見張った。

「これって……」

堅《かた》い雰囲気《ふんいき》を持つ、真っ白な服。左腕《ひだりうで》には十字架《じゅうじか》と銀杭の紋章《もんしょう》。

それは彼女にとっても見覚えのあるもの。

まさしく――教会の、ヴァンパイアハンターの制服だった。

「どうして……⁇　それに……まるで新品みたい……」

「俺が直した」

彼女はその制服を目の前に広げながら、信じられないといった様子で見つめていた。

「えっ……」

「町長の家に書庫があるだろ。そこで聖像結晶機《イコン》の製造方法が書かれた本を見つけてな。俺の記憶《きおく》では、教会の制服にも搭載《とうさい》されてたはずだと思って見てみたのだ。案の定、紋章の部分に聖像結晶機《イコン》があった。ただ破損していた。本来、教会の制服は聖像結晶機《イコン》によって魔力耐性《まりょくたいせい》の向上や、ある程度の傷なら自己修復できる能力が備わっているが、それが機能しなくなっていたという訳だ。これが壊《こわ》れていた部分が手に入りにくい素材だったらお手上げだったが、運良く回路の断線程度だったので案外簡単に直すことができた。それでも聖力《ソリス》の結晶が残っていなければ自己修復機能は働かなかった訳だが…………って、おい⁉」

話の途中《とちゅう》で突然《とつぜん》リーナが抱きついてきたので、アンファングは思わず大きな声を上げてしまった。

——な……んだと⁉　どうしてこうなった⁉

「……急にどうした⁇」

「……り……とう」

「え？」

「……ありがとう」

胸に埋《うず》まっていた顔が上を向くと、そこには僅《わず》かに潤《うる》んだ瞳《ひとみ》があった。

「いや……そこまでのことをしたつもりはないんだが……」

「私……夢の中でしかお母さんに会ったことないから……。生まれた時に傍《そば》にあったこれだけが……お母さんに繋《つな》がる唯一《ゆいいつ》のものだから……だから……嬉しくて」

「分かった、分かったから一旦《いったん》この状態を……その……なんだ」

言うと察してくれたのか、彼女はそっと体を離す。

そして、目元をそっと拭《ぬぐ》いながら小さく笑ってみせた。

その柔《やわ》らかな笑顔《えがお》たるや、アンファングの胸を突《つ》き刺《さ》すには充分の破壊力《はかいりょく》があった。

――こいつはヤバい……。

「ご主人様……本当はこれを届けにきてくれたんですね」

「ん……いや、貴族焼きを渡したかっただけで、そっちはあくまで……ついでだ」

「ふふっ」

「……」

彼女は楽しそうに微笑む。

――どういう訳だか、そのまま渡すのはこそばゆい気がして、それに紛《まぎ》れ込ませて、なんとなく渡すつもりだったのに……これじゃ意味が無くなってしまったじゃないか！

「今、着替《きが》えてきても……いい？」

「ああ」

返事をすると彼女は軽い足取りで寝室《しんしつ》の方へ消えて行った。

ものの数分後――。

最初に出会った頃の彼女の姿がそこにあった。

但し純白に蘇《よみがえ》ったそれは、以前よりも彼女の白い肌《はだ》や灰髪を引き立てている。

彼女は照れ臭《くさ》そうに胸を張って見せる。

「どう……ですか？」

「ん……いいんじゃ……ないか？」

無愛想に受け答えても、彼女は満足そうに微笑む。

やはりその制服はリーナにとても似合っていた。

そんな彼女の姿を見ながら、ふと彼は思う。

――俺の為に……それが自分が存在する意味。さっきリーナはそう言っていた。じゃあ、俺にとってのリーナとは、どんな存在なんだろうか？

吸血鬼と人間の混血であるダンピール。吸血鬼と人間の精神が混在する吸血鬼王。

これは似たもの同士という、ただそれだけの理由ではない。

――やはり、俺にとっても……リーナは……。

アンファングは真剣《しんけん》な眼差《まなざ》しを彼女に向ける。

「リーナ、改めて言わせてもらう」

「……何？」

彼女は僅かに緊張《きんちょう》した面持ちを見せる。

「これからも俺に付いてきて欲しい」

――ん？　これって……。

口に出してみると、なんだか違う意味に聞こえて、言った自分の方が緊張してしまう。

彼女も一瞬、驚いたようにしていたが、やや間があって……。

「……うん」

彼女はモジモジとしながらも嬉《うれ》しそうに頷《うなず》いた。

吸血鬼に吸血された者は、主に対して隷従《れいじゅう》の力が働くと言われている。

それがもし、リーナの身にも起こっているというのなら、これがアンファングが命ずる、初めての隷従の力だった。

〈了〉

あとがき

お久し振りです、または初めまして、藤谷あるです。
通算二十二冊目の作品をお届けいたします。

さて、この作品ですが〝異世界転生した先が棺の中だったら？〟という着想をもとに始まりました。

1・棺の中からスタートということは既に死んでいる？（または生き埋め）
↓
2・ならばゾンビで人生を再スタート！（人間やめる？）
↓
3・でも、さすがに主人公がゾンビでは……。（すぐ腐りそう）
↓

4・やはり棺とセットでイメージするのは吸血鬼！

ということで、現在の形になりました。

実はこの作品、初稿の段階では主人公が自ら棺を担いで各地を移動、更にはその棺を投擲武器として使用していました。

今を思えば、なんでそんな事になっていたのでしょう？　自分でも不思議です……。

ここで謝辞です。

イラストレーターの夕薙様。大変お忙しい中、本作のイラストを引き受けて下さり、ありがとうございました。

アンファングの格好良さとリーナの可愛さに痺れまくりです。もちろんティルも。

カバーイラストも世界観が見事に表現されているだけでなく、様々なものが仕込まれており見ていて楽しいです。

読者のみなさんもじっくりとイラストを見てみると色々な発見があって面白いですよ。

担当編集のS様、本作発売まで紆余曲折ありましたが最後までお付き合い頂きありがとうございました。

イラスト担当編集のA様、素敵なイラストレーターさんと引き合わせて頂き、本当にありがとうございました。

そして本作の為にご尽力頂いた編集長に厚く感謝いたします。

最後に出版までにお力添え頂いた全ての方々と、この本を手に取って下さった読者様へ御礼申し上げます。

それでは、またお会いできることを願って——。

令和四年二月吉日

HJ文庫 https://firecross.jp/
993

異端な吸血鬼王の独裁帝王学
～再転生したらヴァンパイアハンターの嫁ができました～

2022年3月1日　初版発行

著者――藤谷ある

発行者―松下大介
発行所―株式会社ホビージャパン

〒151-0053
東京都渋谷区代々木2-15-8
電話　03(5304)7604（編集）
　　　03(5304)9112（営業）

印刷所――大日本印刷株式会社

装丁――木村デザイン・ラボ／株式会社エストール

Printed in Japan

ISBN978-4-7986-2759-5　C0193

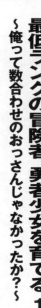

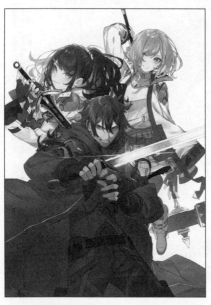